Learn Esperanto with Adventures

Esperanto B1 Reader

Brian Smith

La Sekreto de la Perdita Templo

La Preparo

Hans Meier, germana aventuristo, legas pri perdita templo en Peruo. La historio fascinas lin tuj. Li planas ekspedicion por trovi la templon kaj la trezoron.

"Mi devas trovi tiun templon," diras Hans al si mem, dum li foliumas la malnovajn librojn.

Hans kolektas informojn pri Peruo kaj la Amazona ĝangalo. Li aĉetas mapojn kaj malnovajn librojn pri la perdita templo. Dum tio, li trovas multajn ekscitajn detalojn kaj indikojn.

"Tiu mapo povus esti la ŝlosilo," pensas li, dum li studas malnovan, mane desegnitan mapon.

Hans renkontiĝas kun fakuloj pri arkeologio kaj historio por lerni pli pri la templo. Ili donas al li valorajn konsilojn kaj rakontas pri antaŭaj ekspedicioj.

"Estu zorgema, Hans. La ĝangalo estas danĝera," avertas lin Profesoro Müller.

Li kontaktas malnovajn amikojn, kiuj loĝas en Peruo, por ricevi subtenon surloke. Unu el liaj amikoj, Carlos, promesas helpi lin.

"Vi povas fidi je mi, Hans," diras Carlos telefone.

Hans pakas sian ekipaĵon: ŝnurojn, mapojn, kompasojn kaj provizojn. Li rezervas flugon al Limo, la ĉefurbo de Peruo, kaj vizitas vojaĝagentejon por plani itineron en la ĝangalon.

"Ni devas esti bone preparitaj," klarigas li al la vojaĝagentino.

Li aĉetas specialajn vestaĵojn kaj ŝuojn por la aventuro, kiuj protektos lin kontraŭ la danĝeroj de la ĝangalo. Krome, Hans lernas iom da la hispana lingvo, por povi komuniki en Peruo.

"Hola, ¿cómo está?" li ekzercas antaŭ la spegulo.

Li studas malnovajn legendojn pri la perdita templo kaj la trezoro. La rakontoj estas plenaj de misteroj kaj danĝeroj. Hans legas raportojn de aliaj aventuristoj, kiuj serĉis la templon, kaj lernas el iliaj eraroj.

"Mi estos pli zorgema," li diras decide.

Hans informas sian familion kaj amikojn pri siaj planoj. Ili estas maltrankvilaj, sed subtenas lin.

"Bone zorgu pri vi," diras lia patrino, kiam li adiaŭas.

Hans estas preta kaj plena de antaŭĝojo pri la ekspedicio. La revo trovi la perditan templon donas al li novan energion kaj decidemon.

"La aventuro povas komenciĝi," li flustras, dum li fermas siajn valizojn kaj ekiras al la flughaveno.

- Aĉeti - To buy
- Adiaŭi - To say goodbye
- Aventuristo - Adventurer
- Ekscita - Exciting
- Ekipaĵo - Equipment
- Esplori - To explore
- Fakulo - Expert
- Foliumi - To browse (through)
- Indiko - Clue
- Ĝangalo - Jungle
- Legendo - Legend
- Mistero - Mystery
- Rezervi - To book/reserve
- Trezi - Treasure
- Valizo - Suitcase

La Alveno en Peruo

Hans alteriĝas sekure en Limo, Peruo. La suno brilas, kiam li eliras el la aviadilo kaj sentas la varman aeron. Li prenas taksion al sia hotelo en la urbocentro. La ŝoforo estas amika kaj donas al li kelkajn konsiletojn pri la urbo.

"Gracias," diras Hans, kiam li donas la monon al la ŝoforo.

Hans enregistriĝas en la hotelo kaj ripozas. La ĉambro estas komforta kaj ofertas belan vidon al la urbo. Post mallonga dormeto, li esploras la urbon kaj vizitas kelkajn vidindaĵojn. Li admiras la malnovajn koloniajn konstruaĵojn kaj ĝuas la viglan atmosferon.

"Limo vere estas impresiga urbo," pensas Hans, dum li promenas tra la stratoj.

Vespere, Hans renkontiĝas kun Carlos, malnova amiko kaj gvidisto. Carlos ĝojas vidi Hans kaj ili ĉirkaŭbrakas sin kore.

"Hans, estas tiel bone vidi vin!" diras Carlos. "Ĉu vi estas preta por la aventuro?"

Carlos rakontas al Hans pri la danĝeroj en la Amazona ĝangalo. Li avertas lin pri sovaĝaj bestoj, danĝeraj plantoj kaj la neantaŭvidebla vetero.

"Ni devas esti tre zorgemaj," klarigas Carlos serioze.

Ili diskutas la itineron al la perdita templo kaj planas sian vojaĝon zorgeme. Hans aĉetas plian ekipaĵon en eksterdoma vendejo por esti preta por ĉio.

"Ĉi tiuj aĵoj helpos nin en la ĝangalo," diras li al Carlos, kiam ili forlasas la butikon.

Carlos prezentas al Hans sian amikon Miguel, kiu ankaŭ estas gvidisto. Miguel havas multe da sperto en la ĝangalo kaj konas multajn trukojn por vojaĝi sekure.

"Kune ni sukcesos," certigas Miguel.

Ili planas foriri en la ĝangalon la sekvan tagon. Hans ĝuas lastan vespermanĝon en loka restoracio, kie li provas tipajn peruanajn pladojn.

"La manĝaĵo ĉi tie estas mirinda," rimarkas Hans, dum li rigardas sian pladon.

Li refoje kontrolas sian ekipaĵon kaj proviantojn en la hotelĉambro por certiĝi, ke nenio mankas. Hans enlitiĝas frue por esti ripozinta por la vojaĝo. Li scias, ke la venontaj tagoj estos lacigaj.

La sekvan matenon, Carlos venas por preni Hans en la hotelo. Ili ambaŭ estas ekscititaj kaj pretaj komenci la aventuron.

"Ĉu vi estas preta?" demandas Carlos ridetante.

"Jes, ni iru!" respondas Hans decide.

Ili veturas per teren-vehiklo al la Amazono. La vojo fariĝas ĉiam pli mallarĝa kaj la vegetaĵo pli densa, ju pli ili proksimiĝas al la ĝangalo. Hans sentas, kiel la ekscito kreskas en li. La perdita templo atendas ilin.

- Alteriĝi - To land
- Aviadilo - Airplane
- Ĉirkaŭbraki - To hug
- Danĝera - Dangerous
- Eksciti - To excite
- Enregistriĝi - To check in
- Ĝangalo - Jungle
- Itinero - Itinerary
- Kolonia - Colonial
- Konstruaĵo - Building
- Neantaŭvidebla - Unpredictable
- Provizi - To supply
- Sovaĝa - Wild
- Vendejo - Store
- Vigla - Lively

En la Amazona Ĝangalo

Hans, Carlos kaj Miguel komencas sian vojaĝon en la ĝangalon. La aero estas humida kaj peza, kaj la densa arbaro ĉirkaŭas ilin de ĉiuj flankoj. Ili migras tra densa arbaro kaj transiras riverojn, ofte devante trovi vojon tra la densa vegetaĵaro.

"Estas mirinde, kiel diversa estas la naturo ĉi tie," diras Hans, fascinita de la flaŭro kaj faŭno de la Amazono.

Ili regule faras paŭzojn por trinki akvon kaj ripozi. Carlos montras al Hans diversajn kuracherbajn plantojn kaj bestojn, kiujn ili trovas dumvoje.

"Ĉi tiu planto estas bona kontraŭ febro," klarigas Carlos kaj montras verdan, foliriĉan planton.

Ili aŭdas strangajn bruojn kaj vidas ekzotajn birdojn, kiuj brilas en ĉiuj koloroj de la ĉielarko. Hans faras multajn fotojn de la impresiga pejzaĝo.

"Mi neniam antaŭe vidis ion tiel belan," diras Hans kaj kaptas bildon de kolora papago.

Ili kampadas nokte sub la malferma ĉielo, starigante malgrandan tendaron. Hans havas malfacilaĵojn dormi pro la nekonataj sonoj. La kantado de insektoj kaj la vokoj de bestoj estas neordinaraj kaj timigaj.

"Mi esperas, ke mi baldaŭ kutimiĝos al tio," murmuras Hans, dum li envolviĝas en sian dormosakon.

La sekvan tagon ili daŭrigas sian vojaĝon. Ili trovas spurojn de sovaĝaj bestoj kaj devas esti zorgemaj.

"Ĉi tiuj spuroj aspektas freŝaj. Ni devus esti singardaj," avertas Miguel, dum ili eniras pli profunden en la ĝangalon.

Miguel rakontas historiojn pri antaŭaj ekspedicioj, kiujn li gvidis. Hans aŭskultas atente kaj sentas sin ĉiam pli kiel vera aventuristo.

"Estas tiom da sekretoj ĉi tie en la ĝangalo," diras Miguel kun brilantaj okuloj.

Ili malkovras malnovajn ruinojn kaj desegnaĵojn sur rokmuroj. La simboloj kaj bildoj rakontas historiojn de longe forgesitaj tempoj.

"Tio devas esti tre malnova. Ni estas sur la ĝusta vojo," diras Carlos, dum li studas la desegnaĵojn.

Carlos kredas, ke ili proksimiĝas al la perdita templo. La indicoj fariĝas pli klaraj, kaj la antaŭĝojo kreskas ĉe ĉiuj.

"Mi apenaŭ povas atendi vidi la templon," diras Hans ekscitite.

La vojaĝo estas laciga, sed la malkovroj kaj la beleco de la Amazona ĝangalo motivas la teamon pluiri. Ili scias, ke la aventuro nur ĵus komenciĝis kaj ke multaj sekretoj ankoraŭ atendas ilin.

- Apero - Appearance
- Ĉirkaŭi - To surround
- Densa - Dense
- Diversa - Diverse
- Ekskurso - Excursion
- Faŭno - Fauna
- Flaŭro - Flora
- Indico - Clue
- Kuracherba - Medicinal (plant)
- Migrado - Hiking
- Pejzaĝo - Landscape
- Ripozo - Rest
- Ruino - Ruin
- Singarda - Cautious
- Tendarejo - Campsite

La Unua Indico

Hans malkovras malnovan mapon en unu el la ruinoj. La mapo estas malnova kaj flaviĝinta, sed la linioj kaj simboloj ankoraŭ estas bone rekoneblaj.

"Rigardu, mi kredas, ke ĉi tio estas mapo!" vokas Hans, dum li singarde prenas la pecon de pergameno en siajn manojn.

La mapo montras la vojon al la perdita templo. Carlos kaj Miguel ekscitiĝas kaj tuj planas la sekvan etapon.

"Jen ĝuste tio, kion ni serĉis!" diras Carlos entuziasme. "Ni devas tuj ekiri."

Ili sekvas la indikojn sur la mapo, kiuj kondukas ilin pli profunde en la ĝangalon. Hans trovas kaŝitan valon, kiu estas markita sur la mapo.

"Jen ĝi. Ĝuste kiel sur la mapo," diras Hans, kiam ili atingas la valon.

Ili batalas tra densa arbustaro kaj dornaj arbetaĵoj. La plantoj estas fortikaj kaj iliaj dornoj akraj. Subite, Hans glitas kaj vundiĝas ĉe la gambo.

"Aŭ, mia gambo!" ĝemas Hans pro doloro.

Miguel traktas la vundon per kuracherba planto, kiun Carlos montris al li.

"Ĉi tiu planto helpas kontraŭ inflamoj," klarigas Miguel, dum li metas la foliojn sur la vundon.

Malgraŭ la doloro, Hans daŭrigas la vojaĝon. Li scias, ke ili ne povas rezigni nun, kiam ili estas tiel proksimaj al la celo. Ili atingas riveron, kiu estas montrita sur la mapo.

"Tio devas esti la rivero, kiun la mapo montras," rimarkas Hans.

Hans rimarkas strangajn simbolojn sur ŝtonoj ĉe la riverbordo. La signoj aspektas misteraj kaj fremdaj.

"Ĉi tiuj simboloj ŝajnas kiel kodo," diras Hans, dum li ekzamenas la ŝtonojn.

Carlos rekonas la simbolojn kiel malnovan inkaan kodon. Li jam vidis ĉi tiajn signojn antaŭe.

"Tio estas inkaa kodo. Mi kredas, ke mi povas malĉifri ĝin," diras Carlos kaj komencas legi la simbolojn.

Ili malĉifras la kodon kaj trovas la sekvan indicon. La indico kondukas ilin pli profunde en la ĝangalon, en direkton, kiun ili antaŭe ne rimarkis.

"Ni devas sekvi ĉi tiun vojon," diras Carlos, kiam li komparas la mapon kaj la kodon.

Hans sentas, ke ili estas tre proksimaj al la templo kaj la trezoro. Lia koro batas pli rapide pro ekscito kaj atendo.

"Ni estas tiel proksimaj. Mi povas senti ĝin," diras Hans kun brilantaj okuloj.

Kun nova energio kaj decidemo, ili daŭrigas sian vojaĝon. Ĉiu paŝo alportas ilin pli proksimen al la perdita templo kaj la kaŝita trezoro. La aventurspirito kaj la espero peladas ilin antaŭen.

- Arbustaro - Thicket
- Batalo - Struggle
- Decidemo - Determination
- Dorno - Thorn
- Entuziasmo - Enthusiasm
- Inflamo - Inflammation
- Kaŝita - Hidden
- Kodo - Code
- Kompari - To compare
- Konduki - To lead
- Pergameno - Parchment
- Planto - Plant
- Sekvi - To follow
- Simbolo - Symbol
- Valo - Valley

Danĝeroj en la Ĝangalo

Hans, Carlos kaj Miguel alfrontas danĝeran marĉregionon. La grundo estas mola kaj perfida, kaj ili scias, ke unu malĝusta paŝo povas esti danĝera.

"Ni devas trovi sekuran vojon tra la marĉo," diras Carlos, dum li esploras la ĉirkaŭaĵon.

Ili singarde antaŭeniras, sed subite Hans sinkas en la koton.

"Helpu! Mi estas blokita!" vokas Hans panike.

Carlos rapidas kaj helpas lin eliri. Ili uzas ŝnurojn por sekurigi unu la alian kaj havi firman tenon.

"Atentu, kie vi paŝas," avertas Miguel, dum ili daŭrigas sian vojon.

Post horoj da penado, ili fine atingas firman teron. La trankvilo estas granda, sed ili scias, ke la vojo estas ankoraŭ longa.

"Finfine el la marĉo," ĝemas Hans, dum li viŝas la ŝviton de sia frunto.

Subite ili renkontas grupon de sovaĝaj simioj, kiuj estas scivolemaj pri ilia ekipaĵo. La simioj provas ŝteli iliajn aĵojn.

"Hej, lasu tion!" vokas Hans, kiam simio kaptas lian akvobotelon.

Miguel forpelas la simiojn per bastono, sed dum tio, Hans perdas sian kompaso kaj akvobotelo.

"Ni devas daŭrigi sen kompaso," diras Hans deprimite.

Ili ripozas kaj planas sian sekvan vojon sen la kompaso. Carlos trovas la ĝustan vojon per la suno kaj la steloj.

"Ni orientiĝos laŭ la suno. Tio funkcios," diras Carlos memfide.

Subite ili aŭdas laŭtan blekon proksime. Ĉiuj frostas kaj aŭskultas.

"Kio estis tio?" flustras Hans, liaj okuloj larĝe malfermitaj pro timo.

Ili rapide kaŝas sin malantaŭ kelkaj arbustoj kaj vidas jaguaron, kiu preterpasas. La jaguaro ne rimarkas ilin kaj malaperas en la arbaro.

"Tio estis proksima," murmuras Miguel, kiam ili reaperas el sia kaŝejo.

Hans sentas sin trankviligita, sed ankaŭ elĉerpita pro la penadoj. Ĉiu tago en la ĝangalo postulas liajn fortojn, sed li scias, ke ili devas daŭrigi.

"Ni ne povas rezigni nun. Ni venis tiom malproksimen," diras li decide.

Ili daŭrigas sian vojaĝon, ĉiam atentaj pri pliaj danĝeroj. Ĉiu paŝo estas defio, sed ili scias, ke la perdita templo kaj la trezoro atendas ilin. Kun atentemaj rigardoj kaj zorgemaj paŝoj, ili moviĝas pli profunde en la ĝangalon, pretaj alfronti la sekvajn defiojn.

- Alfronti - To face
- Averti - To warn
- Blekado - Roar
- Defio - Challenge
- Deprimita - Depressed
- Elĉerpita - Exhausted
- Esplori - To explore
- Fidi - To trust
- Frosti - To freeze
- Kaŝejo - Hiding place
- Marĉregiono - Swamp
- Orientiĝi - To orient oneself
- Perfida - Treacherous
- Sinki - To sink
- Ŝviti - To sweat

La Fugo

Fine ili trovas la templon. Ili eniras tra la malnova malhela pordo en la templon kaj ĉirkaŭrigardas.

Subite ili aŭdas bruojn de ekstere. Hans, Carlos kaj Miguel frostas pro timo.

"Kio estis tio?" flustras Hans, dum li aŭskultas.

Grupo de rabistoj alproksimiĝas al la templo. La viroj aspektas danĝeraj kaj estas peze armitaj. Hans, Carlos kaj Miguel rapide kaŝas sin malantaŭ malnova muro.

"Ni devas esti silentaj," flustras Carlos, liaj okuloj larĝe malfermitaj pro timo.

La rabistoj traserĉas la templon, sed trovas nenion. Ili ŝajnas frustritaj kaj parolas laŭte inter si.

"Ili ne trovis la trezoron," murmuras Miguel trankviligite.

Kiam la rabistoj foriras, Hans kaj liaj amikoj pripensas siajn sekvajn paŝojn.

"Ni devas sekurigi la trezoron," diras Hans decide. "Ni ne devas perdi tempon."

Ili kaŝas kelkajn valorajn objektojn en siaj dorsosakoj. Hans gvidas la teamon el la templo, ĉiam zorgante esti silentaj kaj singardaj.

"Sekvu min, ni prenos alian vojon," diras Hans kaj montras al mallarĝa pado.

Ili sekvas alian itineron por eviti la rabistojn. Sur la vojo reen ili alfrontas pliajn obstaklojn, kiel densan vegetaĵaron kaj krutajn deklivojn.

"Estu zorgema, ĉi tie estas glite," avertas Miguel, dum ili malsupreniras deklivon.

Hans vundiĝas denove, sed ili devas daŭrigi. Carlos kaj Miguel helpas lin antaŭeniri kiel eble plej rapide.

"Vi sukcesos, Hans. Ni estas preskaŭ tie," kuraĝigas lin Carlos.

Ili fine atingas la randon de la ĝangalo. La trankvilo estas granda, sed ili scias, ke ili ankoraŭ ne estas sekuraj.

"Mi vokos helpon," diras Hans kaj elprenas la satelittelefonon el sia dorsosako.

Helikoptero venas por preni ilin kaj alporti ilin al sekureco. La rotoroj de la helikoptero kirlas la polvon, kiam ĝi surteriĝas.

"Ni sukcesis," diras Hans, kiam li eniras la helikopteron. "Ni estas sekuraj."

La helikoptero flugas super la ĝangalo, kaj Hans rigardas malsupren. Li sentas miksaĵon de trankvilo kaj fiereco.

"Ni trovis la trezoron kaj sukcesis eskapi. Estis nekredebla aventuro," diras li al Carlos kaj Miguel.

"Jes, vere estis," respondas Carlos ridetante.

Ili scias, ke ili travivis danĝeran kaj ekscitan vojaĝon, sed la memoroj kaj la trezoro valorigas ĉion. Hans sentas sin feliĉa kaj dankema, ke ili sukcesis.

- Alproksimiĝi - To approach
- Armi - To arm
- Aŭskulti - To listen
- Deklivo - Slope
- Dorsosako - Backpack
- Frustri - To frustrate
- Fugo - Escape
- Kaŝi - To hide
- Kirli - To swirl
- Kruta - Steep
- Malsupreniri - To descend
- Pado - Path
- Sekurigi - To secure
- Silentigi - To silence
- Surteriĝi - To land

La Reveno

Hans, Carlos kaj Miguel revenas al Limo. La urbo akceptas ilin kun malfermitaj brakoj. Ili alportas la trezoron al muzeo, kie la fakuloj jam atendas ilin.

"Bonvenon reen, miaj amikoj," diras la muzeodirektoro, kiam ili prezentas la trezoron.

Fakuloj konfirmas la aŭtentikecon de la trovoj. La malnovaj inkaaj artefaktoj kaj la ora statuo estas de nekomparebla valoro.

"Tio estas sensacia malkovro," diras unu el la fakuloj entuziasme.

Hans donas intervjuojn kaj rakontas pri sia aventuro. La amaskomunikiloj estas fascinataj de lia rakonto, kaj la malkovro de la templo fariĝas mondkonata.

"Estis vojaĝo plena de danĝeroj kaj defioj, sed ĝi indis," rakontas Hans al la raportistoj.

Hans estas celebrata kiel heroo. La homoj admiras lian kuraĝon kaj decidemon. Li ricevas premiojn pro sia kuraĝa ekspedicio.

"Ĉi tiu ordeno estas por viaj eksterordinaraj atingoj," diras la prezidento, kiam li transdonas la premion al Hans.

Carlos kaj Miguel ankaŭ estas honoritaj. Ilia grava rolo en la ekspedicio estas agnoskata, kaj ili estas fieraj pri tio, kion ili atingis.

"Sen vi, mi ne sukcesus," diras Hans dankeme al siaj amikoj.

Hans donacas parton de la trezoro al la muzeo. Li volas, ke la trovoj estu konservitaj por la postaj generacioj kaj estu alireblaj por la publiko.

"Ĉi tiu trezoro apartenas al la tuta mondo," diras Hans, kiam li transdonas la donacon.

Li skribas libron pri siaj spertoj. La libro fariĝas furorlibro kaj fascinas legantojn tra la tuta mondo.

"Via libro estas nekredeble inspira," diras leganto ĉe subskribo-evento.

Hans jam planas sian sekvan ekspedicion. Li apenaŭ povas atendi denove iri al aventuro kaj fari novajn malkovrojn.

"Mi sentas, ke la sekva aventuro estos eĉ pli ekscita," diras Hans al Carlos kaj Miguel.

Li restas en kontakto kun Carlos kaj Miguel. La tri fariĝas bonaj amikoj kaj renkontiĝas regule por paroli pri malnovaj tempoj kaj estontaj planoj.

"Ni estas pli ol nur teamo. Ni estas amikoj por la tuta vivo," diras Miguel.

Hans scias, ke ekzistas ankoraŭ multaj aventuroj en la mondo, kiuj atendas lin. Kun rideto sur la lipoj kaj la koro plena de antaŭĝojo, li rigardas al la estonteco.

"La vivo estas aventuro, kaj mi estas preta por la sekva ĉapitro," diras Hans al si mem, preta por novaj defioj.

- Agnoski - To acknowledge
- Amaskomunikiloj - Media
- Aŭtentikeco - Authenticity
- Defio - Challenge
- Eksterordinara - Extraordinary
- Entuziasma - Enthusiastic
- Fakulo - Expert
- Fascini - To fascinate
- Honorita - Honored
- Inda - Worthwhile
- Konservi - To preserve
- Ordeno - Medal
- Posta - Subsequent
- Sensacia - Sensational
- Trovi - To discover

En la Ombro de la Dezerto

La Ekspedicio Komencas

Germana ekspedicio estas sekrete sendita al Ĉina Turkmenio. La grupo konsistas el esploristoj, arkeologoj kaj aventuristoj. Ilia celo estas trovi perditan civilizon. Ili vojaĝas kun malnovaj mapoj kaj modernaj aparatoj.

La vojaĝo komenciĝas en Berlino. "Ni preparis ĉion," diras Dr. Müller, la estro de la ekspedicio, al siaj kolegoj. "Estos longa kaj danĝera vojaĝo, sed ni estas pretaj."

Post semajnoj da preparoj, ili ekvojaĝas. La unua etapo kondukas ilin per trajno al Moskvo. De tie ili plu vojaĝas al Siberio. La pejzaĝo estas malriĉa kaj malafabla.

En Siberio ili renkontas malfacilaĵojn. La temperaturoj estas glaciaj, kaj la neĝo malfaciligas la progreson. "Ni devas elteni," diras Anna, arkeologino, kiu batalas kontraŭ la vento. "La rekompenco estos inda."

Ili devas elteni ekstreman malvarmon kaj glacion. Malgraŭ la defioj, ili ne perdas la kuraĝon. Fine ili atingas Mongolion. Tie ili renkontas nomadojn, kiuj estas amikaj al ili.

La nomadoj estas amikaj kaj helpas ilin. Ili ofertas rifuĝon kaj dividas sian manĝaĵon. "Vi estas en grava misio," diras maljuna nomado nomata Batu. "Bonŝanco estu kun vi."

La grupo fine atingas la limon de Ĉinio. Tie ili devas esti precipe singardaj. Eniro en Ĉinan Turkmenion estas danĝera kaj strikte kontrolata.

Ili devas kaŝi sin por ne esti malkovritaj. "Ni ne povas fari eraron," avertas Dr. Müller. "Unu malĝusta paŝo kaj ni estas perditaj."

Ili fine sukcesas eniri. Ili sukcesas eniri la landon nerimarkite. "Ni sukcesis," flustras Hans, aventuristo, trankvile. "Nun komenciĝas la vera parto de nia misio."

Kun ekscito kaj miksaĵo de timo kaj antaŭĝojo, ili daŭrigas sian vojaĝon, pretaj malkovri la sekretojn de la perdita civilizo.

- Aparato - Device
- Arkeologo - Archaeologist
- Civilizo - Civilization
- Eksploristo - Explorer
- Elteni - To endure
- Etapo - Stage (of a journey)
- Feliĉo - Fortune
- Glacia - Icy
- Kaŝi - To hide
- Limigi - To limit
- Misio - Mission
- Nomado - Nomad
- Pejzaĝo - Landscape
- Rifuĝo - Refuge
- Singarda - Cautious

Unuaj Malkovroj

La pejzaĝo estas kruda kaj belega. La esploristoj estas ravitaj de la naturo. "Rigardu tiujn montojn," diras Anna, dum ŝi rigardas tra la binoklo. "Tion mi neniam vidis antaŭe."

Ili malkovras malnovajn ruinojn kaj artefaktojn. "Ĉi tie, rigardu!", vokas Hans kaj levas rompitan argilan vazeton. La signoj pri la perdita civilizo amasiĝas.

Ili faras fotojn kaj notojn. "Ni devas dokumenti ĉion," memorigas Dr. Müller la grupon. "Ĉi tiuj trovaĵoj estas neprezeblaj."

La etoso en la grupo estas optimisma. "Mi sentas, ke ni estas tre proksime al granda malkovro," diras Anna entuziasme. "La signoj estas ĉie."

Lokaj kamparanoj rakontas pri strangaj lokoj. "Tie estas malnova templokomplekso, duone enterigita en la sablo," raportas kamparano. La esploristoj sekvas la indikojn.

Ili malkovras la malnovan templokomplekson. "Ĉi tio devas esti ĝi," diras Hans ekscitite. "Rigardu, kiel malnova ĝi aspektas."

La templokomplekso estas duone enterigita en la sablo. Ili komencas esplori la komplekson. "Ni devas esti zorgemaj," avertas Dr. Müller. "La sablo povas facile enterigi nin."

Ili trovas strangajn skribaĵojn kaj simbolojn. "Tio estas nekredebla," flustras Anna. "Ni devas deĉifri ĉi tiujn signojn."

La esploristoj provas deĉifri la signojn. "Ĝi aspektas kiel malnova lingvo," diras Dr. Müller. "Eble ni povos kompreni la historion de ĉi tiu civilizo per ĝi."

La malkovro vekas grandan intereson. "Ni devas ekscii pli," diras Hans decideme. "Ĉi tio estas nur la komenco."

Kun ĉiu trovaĵo, la ekscito kreskas. La esploristoj estas firme deciditaj malkovri la sekretojn de la perdita civilizo kaj rekonstrui ĝian historion.

- Ampleksi - To encompass
- Amasiĝi - To accumulate
- Binoklo - Binoculars
- Deĉifri - To decipher
- Dokumenti - To document
- Enterigi - To bury
- Etoso - Atmosphere (mood)
- Indiko - Indication
- Kamparano - Peasant
- Komplekso - Complex (structure)
- Kruda - Rugged
- Neekzplikita - Unexplained
- Neprezebla - Priceless
- Ravi - To delight
- Signo - Sign (symbol)

La Malhela Flanko

La ekspedicio eniras pli profunde en la regionon. La pejzaĝo fariĝas ĉiam pli malafabla kaj la klimato pli severa. "Ni devas esti zorgemaj," diras Dr. Müller, dum ili plu iras.

Ili rimarkas nekutimajn aktivecojn. "Tie antaŭe, ĉu vi vidas tion?", demandas Anna kaj montras al grupo de veturiloj en la distanco. Militaj patroladoj estas proksime.

La grupo restas singarda kaj nerimarkebla. "Ni ne devas altiri atenton," avertas Hans. "Restu kaŝitaj."

Unu indiĝeno avertas ilin pri danĝeroj. "Vi ne devus plu iri ĉi tien," diras la maljunulo kun serioza mieno. "En la dezerto estas sekretaj tendaroj."

Li rakontas pri sekretaj tendaroj en la dezerto. La esploristoj estas skeptikaj, sed scivolemaj. "Eble tio estas nur onidiro," opinias Anna, sed la scivolemo venkas.

Ili decidas esplori. Nokte ili observas suspektindajn movadojn. "Tie, ĉu vi vidas la lumojn?", flustras Hans. "Io okazas tie."

Ili sekvas la spurojn en la dezerton. Subite ili renkontas grandan tendaron. "Tio estas nekredebla," murmuras Dr. Müller. "Kio estas tio?"

La tendaro estas ĉirkaŭita de pikdrato. Gardoturoj kaj serĉlumoj estas videblaj. La esploristoj estas ŝokitaj kaj timigitaj. "Tio aspektas kiel koncentrejo," diras Anna terurite.

Ili decidas sekrete observi la tendaron. "Ni devas ekscii, kio okazas ĉi tie," diras Dr. Müller decide. "Sed ni devas esti zorgemaj. Nia vivo povus esti en danĝero."

Kun batantaj koroj kaj streĉitaj nervoj, ili observas la tendaron de sekura distanco. La teruraj malkovroj, kiujn ili faras, ŝanĝos ilian vivon por ĉiam.

- Altiri - To attract
- Averti - To warn

- Batanta - Beating (as in heart)
- Ekscii - To find out
- Indiĝeno - Indigenous person
- Kaŝita - Hidden
- Klimato - Climate
- Mieno - Expression
- Milita - Military
- Nekutima - Unusual
- Onidiro - Rumor
- Pikdrato - Barbed wire
- Rimarki - To notice
- Severa - Severe
- Suspektinda - Suspicious

Teruraj Malkovroj

La esploristoj observas la tendaron de sekura distanco. "Ni devas esti zorgemaj," flustras Dr. Müller. "Se ili malkovros nin, ni estos perditaj."

Ili vidas homojn en uniformitaj vestoj. "Tio estas kaptitoj," diras Anna mallaŭte. "Ili aspektas tiel malfortaj." Estas striktaj kontroloj kaj brutalaj gardistoj, kiuj patrolas la tendaron.

La homoj en la tendaro aspektas malsataj kaj malfortaj. "Tio estas malhoma," diras Hans, dum li rigardas tra la binoklo. "Kiel ili povas fari tian aferon?"

La esploristoj sekrete faras fotojn. "Ni devas kolekti pruvojn," diras Dr. Müller. "La mondo devas ekscii pri tio." Ili provas lerni pli pri la tendaro. Indiĝeno, kiun ili renkontas, konfirmas iliajn plej malbonajn timojn.

"Tio estas koncentrejo de la socialisma reĝimo," diras la indiĝeno kun tristaj okuloj. La esploristoj estas konsternitaj kaj teruritaj. "Ni neniam pensis, ke tiel io ankoraŭ ekzistas," murmuras Anna.

Ili pripensas, kiel ili povus helpi. "Ni devas informi la mondon," diras Hans decideme. "Sed kiel?" Forkuro ŝajnas neebla. La gardistoj estas ĉie kaj la muroj estas altaj.

La situacio en la tendaro estas deprimiga. "Estas, kvazaŭ la espero ĉi tie mortis," diras Anna mallaŭte. La esploristoj sentas sin senhelpaj. "Kion ni povas fari?", demandas Hans malespere.

Ili kolektas kiel eble plej multajn pruvojn. Fotojn, notojn, ĉion, kion ili povas trovi. La morala pezo kreskas. "Ni devas resti fortaj," diras Dr. Müller. "Por la homoj en la tendaro kaj por la vero."

Ĉiu tago, la pezo fariĝas pli granda. La esploristoj scias, ke ili havas danĝeran mision, sed ili estas firme deciditaj elmontri la veron, kion ajn ĝi kostos.

- Binoklo - Binoculars
- Brutala - Brutal
- Consterni - To appall
- Decideme - Determinedly
- Deprimiga - Depressing
- Ekscii - To find out
- Elmontri - To expose
- Forkuro - Escape
- Gardisto - Guard
- Konsterni - To appall
- Kaptito - Prisoner
- Malhoma - Inhumane
- Patroli - To patrol
- Pripensi - To consider
- Reĝimo - Regime

Fuĝplanoj

La grupo diskutas siajn sekvajn paŝojn. "Ni devas fari ion," diras Anna decide. "Sed kion?"

Iuj volas tuj serĉi helpon. "Ni devus reveni kaj informi la aŭtoritatojn," proponas Hans. "Ju pli rapide, des pli bone."

Aliaj volas plu kolekti pruvojn. "Ni bezonas pli da informoj," argumentas Dr. Müller. "Sen sufiĉaj pruvojn, neniu kredos nin."

Ili planas infiltrigi la tendaron. "Estas danĝere," avertas Anna. "Sed estas nia sola ŝanco."

Kuraĝa esploristo sin proponas kiel volontulo. "Mi iros," diras Peter firme. "Mi ekscios, kio vere okazas tie."

Li ŝtele eniras la tendaron nokte. La mallumo donas al li protekton, sed li devas esti ekstreme zorgema. La aliaj observas de sekura distanco. "Gardu vin," flustras Anna, kiam Peter malaperas.

La esploristo faras terurajn malkovrojn. Li vidas la terurajn kondiĉojn proksime. "Estas pli malbone ol ni pensis," li murmuras al si mem.

Li renkontas kaptitojn kaj aŭdas iliajn rakontojn. La kaptitoj estas malesperaj kaj senesperaj. "Ni perdis ĉian esperon," diras maljunulo triste.

La esploristo kontrabandas informojn eksteren. Li sekrete faras fotojn kaj skribas ĉion, kion li vidas. Fine, li revenas nerimarkite al la grupo.

"Kion vi eksciis?" demandas Dr. Müller zorgoplene. Peter rakontas pri la malhomaj kondiĉoj en la tendaro kaj montras la kolektitajn pruvojn. La grupo estas ŝokita de la novaj detaloj.

"Tio estas neimagebla," diras Hans terurite. "Ni devas urĝe evoluigi planon," instigas Dr. Müller. "La mondo devas ekscii pri tio, kaj ni devas savi ĉi tiujn homojn."

La grupo scias, ke ili devas agi zorgeme kaj rapide. La tempo kuras kontraŭ ili, kaj ĉiu eraro povus esti mortiga. Tamen ili estas deciditaj elmontri la veron kaj helpi la kaptitojn.

- Aŭtoritato - Authority
- Evoluigi - To develop
- Infiltri - To infiltrate
- Instigi - To urge
- Kolekti - To gather
- Kontrabandi - To smuggle
- Kuraĝa - Courageous
- Mallumo - Darkness
- Malespera - Desperate
- Nerimarkite - Unnoticed
- Propono - Proposal
- Protekti - To protect
- Sekura - Safe
- Terura - Terrible
- Volontulo - Volunteer

Perfido kaj Danĝero

La esploristoj sentas sin persekutitaj. "Mi havas la senton, ke iu observas nin," diras Anna nervoze. "Ni devas esti zorgemaj."

Membro de la grupo fariĝas suspektema. "Kion faras Peter tie?" demandas Hans kaj montras al Peter, kiu foriras de la grupo. Li ŝajnas havi sekretan kontakton kun la gardistoj.

La grupo estas en tumulto. "Kion tio signifas?" demandas Dr. Müller. "Ni ne povas fidi al iu ajn."

Ili devas decidi, al kiu ili povas fidi. "Ni devus pridemandi lin," proponas Anna. "Eble li havas klarigon."

La suspektato estas pridemandata. "Peter, kion vi faris?" demandas Dr. Müller severe. "Ĉu vi perfidis nin?"

Li agnoskas, ke li transdonis informojn. "Mi ne havis elekton," diras Peter kun mallevita kapo. "Ili min minacis."

La grupo sentas sin perfidita kaj minacata. "Ni devas rapide agi, antaŭ ol ili malkovros nin," diras Hans zorgoplene.

La fuĝo estas preparata. "Ni dividu nin en pli malgrandajn grupojn," decidas Dr. Müller. "Tio plibonigos niajn ŝancojn."

La esploristoj dividiĝas en pli malgrandajn grupojn. Ili planas sekvi malsamajn vojojn. "Ni renkontiĝu post tri tagoj ĉe la interkonsentita punkto," diras Anna.

La danĝero esti kaptita estas granda. "Ni devas esti silentaj kaj rapidaj," flustras Hans. "Ĉiu eraro povus signifi nian finon."

La streĉo en la grupo kreskas. Ĉiu paŝo povus esti la lasta. "Restu trankvilaj kaj sekvu la planon," diras Dr. Müller.

Kun tremantaj manoj kaj batantaj koroj, ili efektivigas sian planon. Ĉiu el ili scias, ke ilia supervivo dependas de ilia singardemo kaj kuraĝo.

- Agnoski - To admit
- Elekt - Choice
- Efektivigi - To implement
- Interkonsenti - To agree
- Minaci - To threaten
- Mino - Expression
- Perfidi - To betray
- Persekuti - To persecute
- Pridemandi - To interrogate
- Severa - Strict
- Silent - Silent
- Streĉo - Tension
- Supervivo - Survival
- Suspekt - Suspicious
- Tumulto - Turmoil

Persekutado kaj Perdo

La esploristoj fuĝas tra la dezerto. La varmega sablo brulas sub iliaj piedoj, kaj la suno brilegas senindulge. Gardistoj persekutas ilin senĉese. "Ni devas esti pli rapidaj," vokas Dr. Müller.

Ili devas sin kaŝi kaj kamufli. "Ĉi tie, sub ĉi tiu roko," flustras Anna kaj tiras Hans kun si. Ili kaŭriĝas kune kaj provas ne fari bruon.

Membro de la grupo estas kaptita. "Peter!" krias Hans, kiam li vidas Peteron superfortitan de la gardistoj. La ceteraj esploristoj estas malesperaj. "Ni ne povas fari ion ajn," diras Dr. Müller malĝojigita. "Ni devas pluiri."

Ili ne povas reveni por helpi. La persekutado fariĝas ĉiam pli intensa. La gardistoj alproksimiĝas, kaj la esploristoj devas senĉese ŝanĝi sian direkton.

La provizoj malpliiĝas. "Ni preskaŭ ne havas pli da akvo," diras Anna elĉerpita. La dezerto estas senkompata kaj senindulga. La varmo kaj la soifo malfaciligas la daŭrigon de la vojaĝo.

Plia esploristo estas grave vundita. "Mi ne povas plu," ĝemas Hans, kiam li surpaŝas akran ŝtonon kaj vundas sian piedon. La grupo devas fari malfacilajn decidojn. "Ni ne povas lin lasi," diras Dr. Müller.

Ili dividas la lastajn provizojn. Ĉiu ricevas nur malgrandan gluton da akvo kaj kelkajn buŝplenojn da pano. La espero malpliiĝas. "Mi ne scias, ĉu ni sukcesos," flustras Anna.

La grupo finfine atingas oazon. La verda akvo kaj la ombraj palmoj donas al ili novan esperon. "Ni sukcesis," diras Dr. Müller kun trankvilo.

La sekureco tamen estas nur provizora. "Ni ne povas resti ĉi tie longe," avertas Hans. "La gardistoj povus trovi nin iam ajn." La grupo scias, ke ili devas rapide pluiri por esti definitive en sekureco.

- Bruligi - To burn

- Ceteraj - The rest (others)
- Daŭrigi - To continue
- Elĉerpita - Exhausted
- Esperi - To hope
- Kaŭriĝi - To crouch
- Kamufli - To camouflage
- Malpliiĝi - To decrease
- Malespera - Desperate
- Oazo - Oasis
- Persekutado - Persecution
- Provizo - Supply
- Senĉesa - Unceasing
- Senkompata - Merciless
- Superforti - To overpower

La Amara Vero

La esploristoj estas fizike kaj emocie elĉerpitaj. "Mi ne plu povas," diras Anna kaj falas sur la teron. "Ni devas elteni," kuraĝigas ŝin Dr. Müller.

Ili fine atingas loĝatan regionon. "Tie antaŭe estas vilaĝo," vokas Hans. "Ni estas savitaj!" La ĝojo estas granda, sed ili scias, ke ilia laboro ankoraŭ ne finiĝis.

Ili serĉas kontakton kun internaciaj organizaĵoj. "Ni devas transdoni la pruvojn," diras Dr. Müller. "La mondo devas ekscii pri la teruraj tendaroj."

La pruvojn oni transdonas. Fotoj, notoj kaj raportoj estas senditaj al homrajtaj organizaĵoj. La mondo ekscias pri la teruraj tendaroj. "Estas neimageble," diras proparolanto de UN.

Internacia kolero sekvas. Registaroj kaj civitanoj tra la mondo estas ŝokitaj kaj postulas agojn. "Tia afero neniam plu rajtas okazi," deklaras politikisto.

La esploristoj sentas sin kulpaj kaj senpovaj. "Ni ne povis savi tiom da homoj," diras Anna triste. Ili perdis multajn amikojn kaj kolegojn. "Peter estas ankoraŭ tie," murmuras Hans.

La reveno al Germanio estas plena de malĝojo. "Ni estas reen, sed nenio estas kiel antaŭe," diras Dr. Müller. La ekspedicio estas diskutata en la amaskomunikiloj. "Herooj aŭ perfiduloj?" demandas la fraptitoloj.

La registaro montras malmulte da intereso pri la revelacioj. "Ni havas pli gravajn problemojn," klarigas registara reprezentanto. La esploristoj luktas kun sia propra senpoveco. "Ni riskis ĉion, kaj neniu aŭskultas," plendas Anna.

Iuj membroj de la grupo malaperas senspure. "Hans ne estis vidita dum tagoj," diras Dr. Müller zorgoplene. "Kie li povus esti?"

La postvivantoj suferas pro la sekvoj de la travivaĵoj. "Mi havas koŝmarojn," konfesas Anna. "Mi ĉiam denove vidas la vizaĝojn de la kaptitoj."

La vero restas, sed la mondo moviĝas antaŭen. "Ni ne rajtas forgesi," diras Dr. Müller. "Nia rakonto devas esti rakontita." Tamen la ĉiutaga vivo revenas, kaj la atento de la mondo direktiĝas al novaj eventoj.

- Amaskomunikiloj - Media
- Civitano - Citizen
- Deklari - To declare
- Elteni - To endure
- Fraptitolo - Headline
- Internacia - International
- Koŝmaro - Nightmare
- Kulpigi - To blame
- Loĝata - Inhabited
- Malkovro - Discovery
- Organizaĵo - Organization
- Postvivi - To survive
- Proparolanto - Spokesperson

- Revelacio - Revelation
- Transdoni - To hand over

En la Potenco de Atlantiko

La Ekveturo

Anna estas pasia velisto. Jam de jaroj ŝi revas sole transiri la Atlantikon. "Mi volas rompi ĉi tiun rekordon kaj montri, ke mi kapablas," ŝi diras decide al sia amikino Maria.

Ŝiaj amikoj kaj familio estas zorgemaj, sed subtenas ŝin. "Atentu bone pri vi," avertas ŝia patrino ĉe la adiaŭo. "Ne zorgu, panjo. Mi planis ĉion detale," respondas Anna trankvile.

Ŝi zorge preparas sian velŝipon. Nutraĵoj kaj ekipaĵoj estas zorgeme aranĝitaj. "Ĉio devas esti en sia loko," murmuras Anna dum ŝi metas la lastajn provizojn.

Je la tago de la ekveturo, la ĉielo estas klara. "Estas perfekta vetero por veli," pensas Anna, kiam ŝi iras al la haveno. Ŝia familio kaj amikoj adiaŭas ŝin ĉe la haveno. "Ni sopiros vin," diras ŝia frato. "Mi revenos baldaŭ, kaj tiam ni festos kune," respondas Anna kun rideto.

Anna levas la velojn kaj forlasas la havenon. La unuaj tagoj surmare pasas trankvile. "La maro estas tiel pacema," ŝi skribas en sia taglibro. "Mi ĝuas la liberecon kaj la senton de sendependeco."

La vetero estas milda kaj la vento favora. Anna tenas kontakton kun sia familio per radio. "Ĉio en ordo ĉe vi?" demandas ŝia patrino zorgeme. "Jes, panjo. La vetero estas perfekta, kaj mi bone antaŭeniras," respondas Anna trankvile.

Ŝi dokumentas sian vojaĝon en taglibro. "Hodiaŭ mi vidis delfenojn," ŝi entuziasme notas. "Ili naĝis iom da tempo apud la ŝipo. Estis magia."

La noktoj estas klaraj kaj plenaj de steloj. "Mi neniam vidis tiom da steloj," ŝi flustras dum ŝi sidas sur la ferdeko kaj rigardas la ĉielon. "Estas kvazaŭ la universo akompanus min."

Ĉio iras laŭplane, kaj Anna sentas sin feliĉa. "Mi estas ĝuste tie, kie mi volas esti," ŝi pensas kontente. "La aventuro ĵus komenciĝis."

- Adiaŭo - Farewell
- Akompani - To accompany
- Aranĝi - To arrange
- Ekveturo - Departure
- Ferdeko - Deck (of a ship)
- Kontenta - Content
- Mild - Mild
- Nutraĵoj - Provisions
- Pacema - Peaceful
- Pasia - Passionate
- Plani - To plan
- Rekordo - Record (achievement)
- Subteni - To support
- Taglibro - Diary
- Velisto - Sailor

Unuaj Aventuroj

Anna malkovras delfenojn, kiuj naĝas apud ŝia boato. "Ho, kiel bele!", ŝi eksklamas entuziasme kaj rapide elprenas sian fotilon. Ŝi faras fotojn kaj estas ravita de la naturo. "Ĉi tio estas simple nekredebla," ŝi murmuras, dum ŝi observas la ludantajn delfenojn.

Subite, ŝtormo komenciĝas. La unuaj malhelaj nuboj aperas ĉe la horizonto. "Tio ne aspektas bone," pensas Anna kaj preparas sian boaton por la malbona vetero. Post nelonge, ŝi luktas kontraŭ altaj ondoj kaj forta vento. "Restu trankvila," ŝi diras al si mem, dum la boato estas ĵetata tien kaj reen.

Anna restas trankvila kaj koncentrita. Ŝi firme tenas la stirilon kaj adaptiĝas al la fortaj ekventoj. La ŝtormo daŭras kelkajn horojn. Estas malfacila batalo, sed Anna ne rezignas. "Vi povas fari tion," ŝi ripetas ree.

Fine, la vetero denove trankviliĝas. La ondoj malpliiĝas kaj la vento malfortiĝas. Ŝia boato bone travivis la ŝtormon. "Mi havis bonŝancon," murmuras Anna kun sento de trankviliĝo. Ŝi kontrolas la boaton kaj malkovras kelkajn malgrandajn damaĝojn. Ŝi riparas la damaĝojn sur la boato kaj certigas, ke ĉio denove estas en ordo.

La sekvan tagon, ŝi vidas grandegan balenon. "Ho, tio estas nekredebla!", ŝi ekkrias, kiam la baleno aperas tuj apud ŝia boato. Anna estas fascinita kaj samtempe singarda. "Mi esperas, ke ĝi ne venos tro proksimen," ŝi pensas, dum ŝi observas la majestecon de la giganto.

Ŝi observas la balenon ĝis ĝi malaperas. "Tio estis neforgesebla sperto," ŝi poste skribas en sian taglibron. La vojaĝo daŭras, kaj Anna sentas sin pli forta. "Post la ŝtormo kaj la baleno, mi sentas min preta por ĉio," ŝi diras al si mem.

Ŝi estas fiera pri siaj ĝisnunaj sukcesoj. "Mi travivis la ŝtormon kaj vidis tiom da mirindaj aferoj," pensas Anna kontente. Ŝi scias, ke ankoraŭ multaj defioj atendas ŝin, sed ŝi estas preta alfronti ilin.

- Adaptiĝi - To adapt
- Apero - Appearance
- Boato - Boat
- Defio - Challenge
- Damaĝo - Damage
- Ekventoj - Gusts (of wind)
- Fascini - To fascinate
- Fotilo - Camera
- Giganto - Giant
- Horizonto - Horizon
- Koncentrita - Concentrated
- Neforgesebla - Unforgettable
- Observi - To observe
- Ravita - Delighted
- Stirilo - Steering wheel

La Mezo de Atlantiko

Anna nun atingis la mezon de Atlantiko. Ŝi rigardas la senfinan akvon kaj pensas: "Mi sukcesis veni ĝis ĉi tie." Ŝi sentas sin sola, sed ankaŭ libera. "Estas stranga miksaĵo de libero kaj soleco," ŝi skribas en sian taglibron.

La tagoj pasas malrapide kaj egale. Matene ŝi purigas la ferdekon, posttagmeze ŝi legas librojn kaj aŭskultas muzikon por malstreĉiĝi. "Muziko helpas min forgesi la solecon," ŝi murmuras, dum ŝi aŭskultas siajn plej ŝatatajn kantojn.

Alia ŝtormo alproksimiĝas. Anna sentas, kiel la vento plifortiĝas kaj malhelaj nuboj kolektiĝas ĉe la horizonto. "Ne denove," ŝi pensas nervoze. Ĉi-foje la ŝtormo estas eĉ pli furioza. Ŝi malespere luktas kontraŭ la elementoj. "Restu trankvila kaj koncentrita," ŝi ripetas al si mem ree.

Ŝia boato estas forte ĵetata tien kaj reen. La ondoj estas gigantaj kaj la akvo frapas la ferdekon. "Mi devas elteni," ŝi flustras, dum ŝi firme tenas la stirilon. La ŝtormo fine trankviliĝas, sed la boato estas difektita. Ŝi vidas la rompitajn partojn kaj la fenditajn velojn.

Ŝi devas fari riparojn. "Feliĉe, mi havas sufiĉe da iloj," ŝi diras al si mem kaj komencas ripari la damaĝojn. Anna estas elĉerpita, sed decidita daŭrigi. "Rezigni ne estas opcio," ŝi pensas firme.

Ŝi kontrolas siajn provizojn kaj daŭrigas la navigadon. La tagoj estas varmegaj, kaj la noktoj malvarmetaj. "La varmego dum la tago estas preskaŭ neeltenebla, sed la malvarmetaj noktoj estas trankviligo," ŝi notas en sian taglibron. Ŝi havas malfacilaĵojn ricevi sufiĉe da dormo. "La bruo de la maro kaj la konstanta movo de la boato malfaciligas bone dormi," ŝi ofte pensas.

Malgraŭ la penoj, ŝi ĝuas la defion. "Ĉiu tago alportas novajn malfacilaĵojn, sed ankaŭ novajn spertojn," diras Anna al si mem, dum ŝi rigardas la sunsubiron. "Mi estas fiera pri tio, kion mi ĝis nun atingis, kaj scivolemas pri tio, kio ankoraŭ venos."

- Akvo - Water
- Alproksimiĝi - To approach

- Brui - Noise
- Difekti - To damage
- Elementoj - Elements (forces of nature)
- Fendi - To crack
- Ferdeko - Deck (of a boat)
- Furioza - Furious
- Il - Tool
- Malfaciligi - To complicate
- Malstreĉiĝi - To relax
- Miksaĵo - Mixture
- Navigi - To navigate
- Neeltenebla - Unbearable
- Sunsubiro - Sunset

La Bermuda-Triangulo

Anna proksimiĝas al la Bermuda-Triangulo. "Finfine, estas tempo," ŝi murmuras al si mem, dum ŝi rigardas la mapon. Ŝi aŭdis rakontojn pri ĉi tiu loko. "Malaperintaj ŝipoj kaj aviadiloj," ŝi pensas kaj skuas la kapon. "Tio estas nur mitoj."

Komence, ĉio iras normale. La vetero estas trankvila, kaj la ĉielo klara. "Eble mi havos bonŝancon kaj nenio okazos," ŝi diras optimisme. Sed subite, ŝiaj navigaciaj aparatoj ĉesas funkcii. "Kio estas tio?", Anna ekkrias timigite kaj kontrolas la instrumentojn. "Nenio funkcias plu!"

Anna provas solvi la problemon. "Eble estas nur eta difekto," ŝi murmuras, dum ŝi kontrolas la kablojn kaj konektojn. Sed nenio helpas. Ŝi perdas la radian konekton kun sia familio. "Panjo, ĉu vi povas aŭdi min?", ŝi demandas en la radio, sed restas silento.

Stranga nebulo alproksimiĝas. "De kie subite venas tiu nebulo?", Anna sin demandas. La maro subite fariĝas maltrankvila. Ondoj batas kontraŭ la boato, kaj ŝi aŭdas strangajn sonojn el la profundo. Ŝi sentas maltrankvilecon. "Tio ne ŝajnas ĝusta," ŝi pensas zorgoplene.

Ŝi vidas lumojn ĉe la horizonto, kiujn ŝi ne povas klarigi. "Kiaj estas tiuj lumoj?", ŝi demandas laŭte. Anna provas resti trankvila kaj konservi klaran menson. "Pensaĉu, Anna. Kion vi devas nun fari?", ŝi diras al si mem.

Ŝia boato estas movata de nevidebla forto. "Estas kvazaŭ io tirus min," ŝi flustras, dum ŝi firme tenas la stirilon. Paniko ekkaptas ŝin, sed ŝi luktas kontraŭ ĝi. "Mi ne devas panikiĝi nun," ŝi diras al si mem decide. "Mi devas trovi vojon por eliri ĉi tien."

Malgraŭ la timo, Anna provas rekapti kontrolon super sia boato. Ŝi scias, ke ŝi devas resti forta por elteni ĉi tiun maltrankvilan kaj danĝeran situacion. "Mi sukcesos," ŝi murmuras, dum ŝi rigardas en la densan nebulon.

- Aparato - Device
- Elteni - To endure
- Forto - Force
- Instrumento - Instrument
- Kablo - Cable
- Klarigi - To explain
- Konekto - Connection
- Malaperi - To disappear
- Maltrankvila - Uneasy
- Mito - Myth
- Navigacio - Navigation
- Nebulo - Fog
- Optimisma - Optimistic
- Panikiĝi - To panic
- Profundo - Depth

Strangaj Renkontiĝoj

Anna vidas malnovan, forlasitan ŝipon flosi. "Kion faras ĉi tiu ŝipo ĉi tie?", ŝi demandas sin mirigite. Ŝi decidas esplori ĝin pli proksime. Malrapide ŝi stiradas sian boaton pli proksimen kaj vokas: "Saluton? Ĉu estas iu tie?"

Surŝipe ŝi ne trovas iun ajn animon. "Ŝajnas vere forlasita," ŝi murmuras, dum ŝi singarde paŝas sur la ferdekon. La ŝipo aspektas timiga kaj forlasita. Ĉie estas spuroj de neglekto kaj kadukiĝo.

Subite ŝi aŭdas paŝojn, kvankam neniu estas videbla. "Kiu estas tie?", Anna vokas, sed ne ricevas respondon. Ŝi rapide revenas al sia boato. "Tio estas tro timiga por mi," ŝi diras al si mem, dum ŝi saltas en sian boaton kaj fermas la kovrilon post si.

La atmosfero fariĝas ĉiam pli malhela. La nebulo ŝajnas pli densa, kaj la mallumo ĉirkaŭas ŝin. Anna vidas strangajn ombrojn en la nebulo. "Kiaj estas tiuj ombroj?", ŝi demandas sin, dum ŝi streĉe rigardas en la mallumon.

Ŝi sentas, ke ŝi ne estas sola. "Estas iu aŭ io tie ekstere," ŝi murmuras maltrankvile. Ŝia kompaso sovaĝe turniĝas. "Tio ne eblas," ŝi diras kaj provas stabiligi la kompasson.

La akvo ĉirkaŭ la boato komencas lumi. "Tio ne povas esti vera," ŝi murmuras kaj observas la timigan lumadon. Ŝi vidas figuron en la akvo, kiu rapide malaperas. "Ĉu mi vere vidis tion?", ŝi demandas sin mem.

Anna sentas sin observata. "Estas kvazaŭ iu aŭ io min observus," ŝi pensas. Ŝi decidas plu veturi por eskapi ĉi tiun lokon. "Mi devas foriri ĉi tie," ŝi diras decide kaj levas la velojn.

Sed la sento de minaco restas. "Mi ne povas forpuŝi ĝin," ŝi murmuras. "Estas kvazaŭ io min persekutus." Ĉiu kilometro, kiun ŝi forlasas, pliigas ŝian timon. "Mi devas trovi manieron por atingi sekurecon," ŝi pensas, dum ŝi lasas la densan mallumon malantaŭ si.

- Anim - Soul
- Atmosfero - Atmosphere
- Decidi - To decide
- Densa - Dense
- Esplori - To explore
- Forlasita - Abandoned
- Kadukiĝo - Decay

- Kompaso - Compass
- Lumado - Glow
- Malapero - Disappearance
- Minaco - Threat
- Neglekto - Neglect
- Ombro - Shadow
- Paŝo - Step
- Stabiligi - To stabilize

Batalo por Supervivo

Anna batalas kontraŭ la nevideblaj fortoj. "Kial ĉio ĉi okazas?", ŝi demandas sin malespere, dum ŝi firme tenas la stirilon. Ŝia boato estas ripete kaptita de ondoj, kiuj ŝajnas veni el nenie.

La nebulo fariĝas pli densa kaj nepenetrebla. "Mi ne plu povas vidi ion!", Anna ekkrias panike. Ŝi ne povas plu teni klaran kurson. "La kompaso ne funkcias, kaj mi ne scias, kien stiradi."

La provizoj malpliiĝas. "Mi devas ŝpareme uzi la akvon kaj manĝaĵon," ŝi pensas kaj kontrolas siajn provizojn. Ŝi provas ripari la radioaparaton. "Eble mi povas alvoki helpon," ŝi murmuras, sed la aparato restas senvoĉa.

Timiga silento disvastiĝas. "Tio ne estas normala," ŝi flustras. Subite, la boato estas trafita de sube. Anna perdas la ekvilibron kaj falas. "Ho ve!", ŝi krias kaj provas kapti ion firman.

Ŝi sukcesas apenaŭ teni sin. "Mi ne rajtas rezigni nun," ŝi diras decide. La akvo komencas altiĝi. "Truo!", ŝi tuj komprenas kaj freneze serĉas la kaŭzon.

Ŝi provas trovi kaj ĉesigi la truon. "Kie ĝi estas?", ŝi murmuras panike. Estas vetkuro kontraŭ la tempo. La akvo altiĝas ĉiam pli. "Mi devas trovi ĝin antaŭ ol la boato sinkos!"

Ŝiaj fortoj malkreskas, sed ŝi ne rezignas. "Venu, Anna!", ŝi diras al si mem. "Vi jam sukcesis tiom multe." Finfine ŝi trovas la truon kaj komencas ripari ĝin.

Anna scias, ke ŝi devas batali por supervivi. "Mi ne rezignos," ŝi flustras decide, dum ŝi provizore riparas la truon. "Mi sukcesos."

Kun nova energio kaj decidemo ŝi daŭrigas sian vojaĝon, ĉiam atenta al la sekvaj defioj, kiujn la timiga Bermuda-Triangulo rezervas por ŝi. "Mi travivos," ŝi promesas al si mem kaj kuraĝe stiradas plu tra la densa nebulo.

- Alvoki - To call (for help)
- Densa - Dense
- Disvastiĝi - To spread
- Ekvilibro - Balance
- Freneze - Frantically
- Kompreni - To understand
- Kurson - Course (direction)
- Malkreski - To decrease
- Nevidebla - Invisible
- Nevenkebla - Impenetrable
- Provizore - Temporarily
- Ripari - To repair
- Senvoĉa - Silent
- Sinki - To sink
- Ŝpareme - Sparingly

Espero kaj Malespero

Anna vidas lumon en la malproksimo. "Eble tio estas savŝipo," ŝi pensas espere. Ŝi stiradas sian boaton en la direkton de la lumo kaj vokas: "Saluton! Ĉu estas iu tie?"

Sed la lumo subite malaperas. La mallumo kaj la nebulo estas premegaj. "Kion mi nun faru?", ŝi murmuras malespere. Anna aŭdas voĉojn, kiujn ŝi ne povas identigi. "Kiu parolas tie?", ŝi demandas laŭte, sed neniu respondas.

Ŝi luktas kontraŭ la malespero. "Vi ne rajtas rezigni," ŝi diras al si mem. Subite granda ondo ŝiras la velon. "Ne!", Anna krias, kiam ŝi vidas, kiel la velo estas disŝirita. La boato estas grave difektita.

Anna provas ripari la velon. "Mi devas iel fliki ĝin," ŝi murmuras kaj laboras febre. Ŝiaj manoj estas vunditaj kaj sangaj. "Ĝi tiom doloras," ŝi flustras, sed ŝi plu laboras.

Ŝi sentas la malvarmon de la nokto. "Mi ne havas ion varman por surmeti," pensas Anna kaj tiras sian jakon pli firme ĉirkaŭ si. Ŝiaj pensoj vagas al ŝia familio. "Kion ili nun faras?", ŝi demandas sin kaj sentas profundan sopiron al hejmo.

Ŝi demandas sin, ĉu ŝi iam revenos. "Ĉu mi iam revidos mian familion?", ŝi murmuras. Malgraŭ la timo restas fajrero de espero. "Mi ne rajtas rezigni pri espero," ŝi diras al si mem.

Anna preĝas por miraklo. "Bonvolu, lasu min eliri ĉi tien," ŝi flustras kaj rigardas la ĉielon. Ŝi scias, ke ŝi devas batali por supervivi, sed ŝi esperas je helpo, kiu gvidos ŝin tra ĉi tiu malhela kaj malfacila tempo.

Kun nova kuraĝo ŝi provas pluiri. "Mi sukcesos," ŝi diras decide. "Mi travivos ĉi tiun koŝmaron." Anna daŭrigas sian vojaĝon, ĉiam serĉante vojon el la Bermuda-Triangulo kaj reen al sekureco.

- Difekti - To damage
- Febre - Feverishly
- Fliki - To patch
- Fajrero - Spark
- Identigi - To identify
- Koŝmaro - Nightmare
- Malespero - Despair
- Murmuri - To murmur
- Preĝi - To pray
- Premega - Overwhelming
- Sangi - To bleed
- Savŝipo - Rescue ship
- Sopiri - To yearn

* Ŝiri - To tear
* Vagi - To wander

La Lasta Ĉapitro

Anna estas ĉe la fino de siaj fortoj. "Mi ne povas plu," ŝi murmuras elĉerpita. La boato estas grave difektita kaj malrapide sinkas. "Ne ekzistas eliro," ŝi pensas malespere.

La nebulo restas densa kaj nepenetrebla. "Mi vidas nenion," flustras Anna kaj provas rigardi tra la nebulo. Ŝiaj provizoj estas elĉerpitaj. "Mi ne plu havas ion por manĝi aŭ trinki," ŝi murmuras.

Ŝi ne havas ligon al la ekstera mondo. "La radioaparato estas morta, kaj neniu scias, kie mi estas," pensas Anna malĝojigita. La timigaj sonoj revenas. "Jen ili denove," ŝi flustras kaj aŭskultas streĉite.

Anna sentas, ke la fino estas proksima. "Mi ne sukcesos," ŝi pensas kaj sentas profundan malĝojon. Ŝi rememoras la belajn momentojn de sia vojaĝo. "La delfenoj, la baleno, la libereco sur la maro," ŝi murmuras ridetante.

La maro subite trankviliĝas. "Kio okazas nun?", ŝi demandas sin kaj rigardas ĉirkaŭe. Stranga lumo ĉirkaŭas la boaton. "Ĝi estas tiel bela," flustras Anna kaj sentas, kiel stranga trankvilo eniras ŝin.

Anna sentas strangan trankvilon en si. "Estas kvazaŭ ĉio boniĝus," ŝi pensas kaj fermas la okulojn. Ŝi adiaŭas sian vojaĝon. "Adiaŭ, bela maro," ŝi murmuras. "Dankon pro la aventuroj."

La mallumo englutas la boaton. "Ĉio finiĝis," pensas Anna kaj sentas, kiel la mallumo ŝin ĉirkaŭprenas. Neniu iam plu aŭdas pri Anna kaj ŝia vojaĝo. La maro restas trankvila, kaj la sekreto de la Bermuda-Triangulo neniam estos solvita.

* Adiaŭi - To say goodbye
* Elĉerpita - Exhausted
* Engluti - To engulf
* Fermi - To close

- Flustri - To whisper
- Ligo - Connection
- Malĝojigita - Saddened
- Murmuri - To murmur
- Nepenetrebla - Impenetrable
- Rememori - To recall
- Ridetante - Smiling
- Sinki - To sink
- Streĉite - Tightly
- Timigaj - Frightening
- Trankviliĝi - To calm down

En la Glacio de Antarkto

La Preparado

Germana ekspedicio planas transiri Antarkton. La teamo konsistas el sciencistoj, esploristoj kaj aventuristoj. Doktoro Müller, la ekspediciestro, klarigas: "Ni havas fortan teamon kaj estas bone preparitaj."

Ili prepariĝas dum monatoj por la vojaĝo. Manĝaĵoj, ekipaĵo kaj vestaĵoj estas zorgeme elektitaj. "Ni devas esti pretaj por ĉiu eventualeco," diras Anna, unu el la esploristoj, dum ŝi kontrolas la ekipaĵon.

Specialaj veturiloj kaj sledohundoj estas provizitaj. "La hundoj estas bone trejnitaj kaj pretaj por la defio," rimarkas Thomas, la sledohundestro. La ekspedicion gvidas doktoro Müller, sperta estro. "Mi gvidis multajn ekspediciojn, sed ĉi tiu estos aparte defia," li klarigas.

Ili studas malnovajn raportojn kaj mapojn de antaŭaj ekspedicioj. "Ĉi tiuj informoj povus savi nian vivon," diras Jonas, geologo, dum li rigardas malnovan mapon. Ĉiu partoprenanto ricevas specialan trejnadon. "Ni devas lerni kiel postvivi en ekstremaj kondiĉoj," klarigas doktoro Müller dum trejnado.

La medicina ekipaĵo estas zorge kontrolita. "Ni devas esti pretaj por ĉiuj eblaj vundoj," diras Marie, la medicinisto de la grupo. Familianoj kaj amikoj adiaŭas la aventuristojn. "Bone zorgu pri vi," diras la patrino de Anna kun larmoj en la okuloj.

La vojaĝo komenciĝas per flugo al Nov-Zelando. "Ĉi tio estas nur la komenco," diras Thomas, dum ili sidas en la aviadilo. De tie ili plu vojaĝas per esplorŝipo. "La maro estas trankvila, sed fariĝas pli malvarme," rimarkas Jonas.

La teamo atingas la antarktajn marbordojn. "Jen ĝi, la granda blanka lando," diras doktoro Müller kun rideto. La partoprenantoj estas ekscititaj kaj plenaj de atendoj. "Mi apenaŭ povas atendi ekiri," diras Anna.

La unua paŝo sur antarkta tero estos neforgesebla. "Estas kiel se ni estus sur alia planedo," flustras Marie. Ili scias, ke la venontaj monatoj metos ilin al severa provo, sed ili estas pretaj por la aventuro de sia vivo.

- Aventuristo - Adventurer
- Defio - Challenge
- Ekipaĵo - Equipment
- Ekspedicio - Expedition
- Esploristo - Explorer
- Eventualeco - Contingency
- Geologo - Geologist
- Gvidi - To lead
- Mapo - Map
- Medicinisto - Medic
- Partoprenanto - Participant
- Preparado - Preparation
- Raporto - Report
- Sledo - Sled
- Trejnado - Training

La Komenco de la Ekspedicio

La ekspedicio startas de esplorstacio ĉe la marbordo. "Fine komenciĝas!" vokas Anna entuziasme, kiam ili starigas la bazan tendaron. La teamo starigas bazan tendaron. "Ni devas certigi, ke ĉio estas firme ankrita," diras doktoro Müller kaj kontrolas la tendojn.

Ili kontrolas la ekipaĵon lastan fojon. "Nenio rajtas manki, alie tio povus endanĝerigi nian mision," avertas Thomas. La veterkondiĉoj estas favoraj. "Perfekta komenco," rimarkas Jonas kaj rigardas la klaran ĉielon.

La unua etapo de la vojaĝo komenciĝas. La sledohundoj estas pretaj kaj la teamo ekmoviĝas. La pejzaĝo estas glacia kaj belega. "Ĝi estas miriga," diras Marie, dum ŝi rigardas la vastan blankan areon.

Temperaturoj falas multe sub frostpunkton. "Estas tiel malvarme, ke ĝi penetras en la ostojn," murmuras Anna kaj tiras sian kapuĉon pli profunde sur la vizaĝon. La esploristoj dokumentas ĉion en taglibroj. "Ĉiu tago devas esti precize registrita," klarigas doktoro Müller, dum li skribas.

Ili kolektas specimenojn de glacio kaj neĝo. "Ĉi tiuj specimenoj multe rakontos al ni pri la klimato de Antarkto," diras Jonas kaj zorge plenigas ujon. La sledohundoj kuraĝe tiras la ŝarĝojn. "Bonaj hundoj!" laŭdas Thomas siajn bestojn.

La teamo batalas kontraŭ la glacia vento. "La vento estas senkompata," vokas Marie kaj kliniĝas kontraŭ la ŝtormon. Ili starigas sian unuan intertendaron. "Ni devas serĉi rifuĝon antaŭ ol mallumiĝos," diras doktoro Müller decide.

La noktoj estas longaj kaj mallumaj. "Ŝajnas, kvazaŭ la mallumo daŭrus eterne," flustras Anna, dum ŝi rigardas la stel-mankantan ĉielon. Konversacioj ĉe la tendarfajro tenas la moralon alta. "Rakontu al mi historion," petas Jonas kaj ĉiuj ridas.

Ĉiu tago alportas novajn defiojn. "Hodiaŭ ni devas transiri danĝeran glaĉeron," klarigas doktoro Müller. "Atentu ĉiun paŝon." Kun kuraĝo kaj decidemo, la teamo frontas la malfacilaĵojn kaj daŭrigas sian vojaĝon, firme decidita atingi la celon.

- Anchora - To anchor
- Averti - To warn
- Baza - Basic
- Certigi - To ensure
- Danĝera - Dangerous
- Decidemo - Determination
- Dokumenti - To document
- Firme - Firmly
- Intertendaro - Intermediate camp
- Mallumiĝi - To get dark
- Mankanta - Lacking
- Miriga - Amazing

- Pejzaĝo - Landscape
- Specimeno - Specimen
- Veturilo - Vehicle

Unuaj Defioj

La temperaturoj plu malaltiĝas. "Ĝi fariĝas ĉiam pli malvarma," murmuras Anna kaj streĉas sian mantelon pli proksime. Fortaj ventoj malfaciligas la antaŭeniron. "La vento blovas tiel forte, ke oni apenaŭ povas stari," vokas Jonas kontraŭ la ŝtormon.

Membro de la ekspedicio malsaniĝas. "Mi ne sentas min bone," diras Marie malforte kaj tenas sian stomakon. Doktoro Müller provizas unuan helpon. "Vi devas ripozi," diras li milde. "Ni paŭzos tagon."

La grupo devas ripozi dum tago. "Espereble, Marie baldaŭ resaniĝos," diras Anna zorgeme. La vetero pliboniĝas, kaj ili daŭrigas la vojaĝon. "Estas multe pli kvieta hodiaŭ," rimarkas Thomas, dum ili ekiras.

Ili transiras danĝerajn glaĉerojn. "Ĉiu paŝo devas esti sekura," avertas doktoro Müller. Granda glaĉerfendo baras ilian vojon. "Ni ne povas pluiri ĉi tie," diras Jonas kaj montras la fendegon.

Ili konstruas ponton el ŝnuroj kaj ŝtupetaroj. "Ni devas esti tre zorgemaj," diras Thomas, dum li fiksas la ŝnurojn. Ĉiu helpas transiri la fendegon. "Tenegu forte," vokas Anna, dum ŝi paŝas sur la ŝanceliĝan ponton.

La pejzaĝo fariĝas ĉiam pli kruda. "Estas kvazaŭ la naturo volas testi nin," rimarkas Jonas. Neĝŝtormo devigas ilin serĉi rifuĝon. "Ni devas rapide trovi ŝirmon," diras doktoro Müller decide.

Ili fosas neĝokavernon kiel ŝirmejon. "Ĉi tie interne ni estas sekuraj," diras Thomas kaj daŭrigas la fosadon. La grupo restas proksima, por resti varmaj. "Estas mallarĝe, sed ni sukcesis," diras Anna kun sento de trankvilo.

Post la ŝtormo ili daŭrigas sian vojaĝon. "La ŝtormo finiĝis, ni povas pluiri," vokas doktoro Müller. Kun nova energio kaj decidemo ili denove ekiras, pretaj por la sekvaj defioj de Antarkto.

- Apenaŭ - Hardly
- Baras - Blocks
- Decide - Decisively
- Daŭrigi - To continue
- Fendego - Crevasse
- Fiksi - To fasten
- Kvieta - Calm
- Kruda - Harsh
- Malaltiĝi - To decrease (in temperature)
- Milte - Gently
- Neĝokaverno - Snow cave
- Paŭzi - To pause
- Pliboniĝi - To improve
- Proksima - Close
- Ŝirmejo - Shelter

Malkovroj kaj Esploro

La esploristoj malkovras rarajn glaciajn formaciojn. "Rigardu tion," vokas Anna entuziasme. "Ĉi tiuj strukturoj estas nekredeblaj!" Ili prenas specimenojn kaj faras fotojn. "Ni devas dokumenti ĉion precize," diras doktoro Müller.

Nekonata glaĉero estas kartografita. "Ĉi tiuj mapoj helpos estontajn ekspediciojn," klarigas Jonas, dum li notas la datumojn. Ili trovas fosiliojn en la glacio. "Tio estas signifa trovaĵo," rimarkas Thomas kaj levas fosiliiĝintan oston.

Sciencaj eksperimentoj estas farataj. "Ni devas analizi la kemian konsiston de la glacio," diras Marie kaj preparas siajn aparatojn. La teamo sendas raportojn al la hejmstacio. "Ni faris ekscitajn malkovrojn," raportas doktoro Müller per radio.

Ili analizas la veteron kaj la glacian strukturon. "La datumoj montras nekutimajn ŝablonojn," konstatas Jonas. Pingvena svarmo estas vidata. "Rigardu, pingvenoj!" vokas Anna entuziasme. Ili observas la bestojn de sekura distanco. "Ni ne volas ĝeni ilin," klarigas doktoro Müller.

Esplora tendaro estas starigita. "Ĉi tie ni povas trankvile labori," diras Thomas kaj helpas starigi la tendojn. Specimenoj estas preparitaj por reveno. "Ĉi tiuj specimenoj estas tre valoraj," diras Marie kaj zorge pakas ilin.

La komunikado kun la ekstera mondo restas malfacila. "La signalo estas malforta," diras Jonas kaj kontrolas la radioricevilon. Unu radioricevilo paneas, kaj ili devas ripari ĝin. "Ni bezonas tion por niaj raportoj," diras doktoro Müller, dum li malfermas la aparaton.

La esploristoj estas entuziasmaj pri siaj malkovroj. "Estis tre sukcesa semajno," diras Anna kontente. Ili daŭrigas sian vojaĝon kun novaj scioj. "Ĉiu trovaĵo alportas nin iomete pli antaŭen," diras doktoro Müller motivite. "Ni havas ankoraŭ multon antaŭ ni."

Kun tiuj novaj scioj kaj renovigita entuziasmo, ili daŭrigas sian ekspedicion, ekscititaj pri la sekvaj aventuroj kaj malkovroj, kiujn Antarkto rezervas por ili.

- Aparato - Device
- Entuziasma - Enthusiastic
- Esplora - Exploratory
- Fosilio - Fossil
- Kartografita - Mapped
- Kemio - Chemistry
- Konstati - To ascertain
- Nekutima - Unusual
- Panei - To break down
- Pingveno - Penguin
- Rezervo - To reserve
- Signifa - Significant

- Signalo - Signal
- Strukturo - Structure
- Trankvile - Calmly

Danĝeraj Situacioj

Unu teamano falas en glaĉerfendon. "Helpu!" krias Thomas, kiam la grundo sub li cedas kaj li malaperas. Tuja savoperacio estas komencita. "Ni devas rapide eltiri lin!" vokas doktoro Müller kaj ĵetas ŝnuron en la fendon.

Kun unuigitaj fortoj ili eltiras lin. "Tiru, tiru!" krias Anna, dum ĉiuj tiras la ŝnuron. Ĉiuj estas senpezigitaj, kiam la vundito estas sekura. "Feliĉe nenio estas rompita," diras Marie kaj ekzamenas la kruron de Thomas.

Peza neĝŝtormo alproksimiĝas. "Ni devas rapide trovi ŝirmon," avertas Jonas kaj rigardas la malheliĝantan ĉielon. La teamo denove fosiĝas en neĝokavernojn. "Ĉi tie interne ni estas sekuraj," diras doktoro Müller, dum ili enkaŝiĝas en la kavernojn.

La provizoj estas malabundaj. "Ni devas porciigi," diras Marie kaj dividas la lastajn manĝaĵojn. Planita itinero devas esti ŝanĝita. "La ŝtormo viŝis niajn spurojn," klarigas Jonas. "Ni devas preni alian vojon."

Ili troviĝas en glacia dezerto sen orientiĝopunktoj. "Ĉio aspektas same," murmuras Anna, dum ŝi rigardas la senfinan blankan pejzaĝon. Kompaso montras malĝustajn valorojn. "Tio ne povas esti," diras doktoro Müller konfuzite. "La kompaso fuŝas."

Ili devas fidi je GPS. "Feliĉe ni ankoraŭ havas la GPS-on," diras Thomas senpezigita. Sed la GPS-signalo subite malaperas. "Kion nun?" demandas Anna panike. "Ni ne plu havas navigadon."

Ili improvizas kaj uzas la stelojn por navigi. "Ni devas trovi la Polusan Stelon," diras Jonas kaj rigardas la klaran noktan ĉielon. La temperaturoj falas al rekordaj malaltiĝoj. "Estas netolereble malvarme," murmuras Marie kaj frotas siajn manojn.

Ĉiu batalas kontraŭ elĉerpiĝo kaj malvarmo. "Ni ne rajtas rezigni," kuraĝigas doktoro Müller la grupon. "Ni devas kunteni kaj daŭrigi." Ĉiu nova defio pli fortigas ilian volon sukcesi en ĉi tiu danĝera vojaĝo.

- Alproksimiĝi - To approach
- Cedi - To give way
- Dividi - To divide
- Ekzameni - To examine
- Eltiri - To pull out
- Enkaŝiĝi - To hide oneself
- Fidi - To trust
- Fuŝi - To malfunction
- Improvizi - To improvise
- Kaŝi - To hide
- Kuraĝigi - To encourage
- Malabunda - Scarce
- Orientiĝo - Orientation
- Porciigi - To ration
- Senkuraĝiĝi - To lose courage

La Lastaj Fortoj

La ekspedicio atingas gigantan glacimonton. "Vidu tion," vokas Anna. "Tiu glacimonto estas grandega!" Ili grimpas sur la glacimonton por superrigardi la ĉirkaŭaĵon. "De ĉi tie supre ni havas pli bonan vidon," diras doktoro Müller.

La vido estas miriga, sed ankaŭ timiga. "Ĝi estas belega, sed ankaŭ timiga," murmuras Marie. Parto de la glacimonto disrompiĝas. "Atentu!" subite krias Jonas. Ĉiuj savas sin en la lasta momento. "Tio estis proksima," diras Thomas kaj viŝas la ŝviton de sia frunto.

La okazaĵo montras la danĝeron de la ĉirkaŭaĵo. "Ni devas esti ekstreme zorgemaj," avertas doktoro Müller. "Ĉi tiu ĉirkaŭaĵo estas neantaŭvidebla." La provizoj plue malpliiĝas. "Ni ne havas multe daĵo pli," rimarkas Marie zorgeme.

Funksciigo informas ilin pri proksimiĝanta savoteamo. "La savoteamo estas survoje!" vokas Jonas ekscitite. Ili devas transiri lastan malfacilan sekcion. "Ni ankoraŭ ne estas ĉe la celo," memorigas doktoro Müller. "Ni havas ankoraŭ malfacilan vojon antaŭ ni."

La grupo motivas unu la alian. "Ni atingis ĝis ĉi tie, ni sukcesos ankaŭ la reston," diras Anna decideme. Unu membro montras unuajn signojn de frostovundoj. "Estas tiel malvarme," plendas Thomas kaj tremas.

Doktoro Müller tuj traktas lin. "Ni devas teni lin varma," diras li kaj envolvas Thomas en pliajn kovrilojn. Ili finfine vidas la savaviadilon ĉe la horizonto. "Jen ĝi estas!" vokas Marie kaj montras al punkto en la ĉielo.

La ĝojo estas granda, sed la vojo ĝis tie restas malfacila. "Ni ne rajtas nun ripozi," diras doktoro Müller. "La lasta sekcio estos la plej malfacila." Ili kolektas siajn lastajn fortojn por la fina streĉo. "Venu, ni estas preskaŭ tie!" vokas Jonas. Kun unuigitaj fortoj kaj la celo antaŭ okuloj, ili ekiras al la savaviadilo, deciditaj superi la lastajn malhelpojn kaj reveni sekure hejmen.

- Ĉirkaŭaĵo - Surroundings
- Disrompiĝi - To break apart
- Ekscitite - Excitedly
- Envolvi - To wrap
- Funksciigo - Notification
- Giganta - Gigantic
- Grimpi - To climb
- Horizonto - Horizon
- Motivi - To motivate
- Neantaŭvidebla - Unpredictable
- Savoteamo - Rescue team

- Sekcio - Section
- Streĉo - Effort
- Timiga - Frightening
- Viŝi - To wipe

La Batalo por Supervivo

La veterkondiĉoj draste malboniĝas. "La ĉielo nubiĝas," rimarkas Anna zorgeme. Denova neĝŝtormo surprizas la ekspedicion. "Ne denove," murmuras Jonas, kiam la vento ekmuĝas kaj la neĝo fariĝas pli densa.

Videbleco kaj orientiĝo estas preskaŭ neeblaj. "Mi apenaŭ povas vidi ion," vokas Thomas tra la ŝtormo. La savaviadilo ne povas surteriĝi. "Ili informis nin per radio, ke ili ne povas surteriĝi," klarigas doktoro Müller. "La ŝtormo estas tro forta."

La grupo denove fosiĝas. "Ni devas rapide konstrui ŝirmejon," diras Marie decide kaj komencas kun la aliaj fosi neĝokavernon. La temperaturo falas al danĝera nivelo. "Ĝi estas multe pli malvarma ol antaŭe," diras Anna tremante.

Ĉiuj batalas kontraŭ hipotermio. "Ni ne rajtas ekdormi," avertas doktoro Müller. "Ni devas moviĝi por resti varmaj." Tendo estas forportita de la vento. "Ne!" krias Thomas, kiam li vidas la tendon forflugi. "Tio estis nia plej bona ŝirmo."

Ili devas premiĝi kune por resti varmaj. "Venu ĉiuj pli proksime," diras Jonas. "Nia korpovarmo helpos nin." La neĝŝtormo daŭras plurajn tagojn. "Kiom longe tio ankoraŭ daŭros?" demandas Anna malespere.

La manĝaĵo apenaŭ sufiĉas. "Ni havas nur kelkajn racionojn," diras Marie kaj montras la malmultajn restantajn manĝaĵojn. Doktoro Müller provas teni la moralon alta. "Ni ne rajtas perdi la esperon," diras li kun firma voĉo. "Ni atingis ĝis ĉi tie."

Subite la radioricevilo funkcias denove. "Mi ricevas signalon!" krias Jonas. "La radioricevilo denove funkcias!" Ili kontaktas la savteamon. "Ni estas ĉi tie, ni bezonas helpon," diras doktoro Müller en la radio.

Lasta espero ekaperas. "Ili aŭdis nin," diras Anna senpezigite. "Helpo estas survoje." Kun nova konfido kaj la scio, ke savo estas proksima, ili prepariĝas elteni la ŝtormon kaj finfine reveni hejmen.

- Apenaŭ - Hardly
- Decide - Decisively
- Draste - Drastically
- Ekaperi - To appear suddenly
- Ekdormi - To fall asleep
- Fosi - To dig
- Forflugi - To fly away
- Hipotermio - Hypothermia
- Korpo - Body
- Malespere - Desperately
- Moralon - Morale
- Muĝi - To howl
- Premiĝi - To huddle
- Radioricevilo - Radio receiver
- Racio - Ration

La Savo

La neĝŝtormo finfine malintensiĝas. "La vento ĉesas!" vokas Jonas senpezigite. "Ni sukcesis." La savaviadilo povas surteriĝi. "Mi vidas ĝin!" vokas Anna kaj montras al la ĉielo. "Jen nia aviadilo venas!"

La teamo prepariĝas por evakuado. "Rapide, pakigu viajn aĵojn," diras doktoro Müller. "Ni devas esti pretaj." Vunditoj kaj malsanuloj estas unue savitaj. "Marie, vi iros unue," diras doktoro Müller. "Vi devas esti ekzamenata."

La resto de la teamo sekvas iom post iom. "Ni ĉiuj eliros ĉi tie," diras Thomas kaj helpas Annan porti la ekipaĵon. Ĉiuj estas elĉerpitaj, sed senpezigitaj. "Ĝi estas finita," murmuras Jonas. "Ni sukcesis."

La revenvojaĝo komenciĝas kun miksitaj sentoj. "Mi apenaŭ povas kredi, ke ni sukcesis," diras Marie. "Sed mi sopiros Antarkton." Ili forlasas Antarkton. "Adiaŭ, blanka dezerto," murmuras Anna, kiam la aviadilo ekflugas.

Ĉiu pripensas la spertojn. "Ni travivis tiom multe," diras Thomas. "Ĝi estis la plej malfacila tempo de mia vivo." En Nov-Zelando, ili estas medicinaj ekzamenataj. "Vi ĉiuj estas dehidratiĝintaj kaj lacaj," diras la kuracisto. "Sed vi resaniĝos."

La amaskomunikiloj raportas pri la drameca savo. "Heroa savo en Antarkto," legiĝas la ĉefartikolo de gazeto. Doktoro Müller dankas la savteamon. "Sen vi ni estus perditaj," diras li dankeme.

La esploristoj estas fieraj pri siaj sciencaj malkovroj. "Niaj specimenoj kaj datumoj estas unikaj," diras Jonas fiere. "Ni multe lernis." La fizikaj kaj emociaj cikatroj restas. "Mi neniam forgesos la malvarmon kaj la ŝtormojn," diras Marie penseme.

La aventuro en Antarkto estos memorata de ĉiuj. "Ĝi estis unika sperto," diras Anna. "Mi estas dankema, ke ni sukcesis kune." Kun tiuj pensoj kaj memoroj, ili revenas hejmen, pretaj rakonti siajn rakontojn kaj dividi tion, kion ili lernis.

- Adiaŭ - Farewell
- Amaskomunikiloj - Media
- Ĉefartikolo - Editorial
- Cikatro - Scar
- Dehidratiĝi - To dehydrate
- Ekzameni - To examine
- Elĉerpita - Exhausted
- Evakuado - Evacuation
- Malintensiĝi - To subside
- Miksi - To mix
- Perdiĝi - To be lost
- Penseme - Thoughtfully
- Porti - To carry
- Pripensi - To reflect

- Sopiri - To miss

Aventuroj en la Sovaĝa Okcidento de Eŭropo

Foriro el Sparto

Estis la jaro 1000 a.K. en Sparto. La suno staris alte en la ĉielo, kaj la varmego de la tago pezis super la urbo. Du amikoj, Leonidas kaj Nikos, sidis sub granda olivarbo kaj rigardis la montojn en la malproksimo.

"Leonidas, ni devus esplori la mondon," diris Nikos decide. "Niaj prauloj rakontis pri malproksimaj landoj, kaj mi volas vidi ilin per propraj okuloj."

Leonidas kapjesis. "Vi pravas, Nikos. Estas tempo, ke ni spertu nian propran aventuron."

La sekvan matenon, Leonidas kaj Nikos adiaŭis siajn familiojn. La patrino de Leonidas brakumis lin firme. "Atentu pri vi mem, mia filo," ŝi diris kun larmoj en la okuloj.

"Mi estos singarda, patrino," respondis Leonidas milde. Nikos brakumis sian malgrandan fraton. "Estu kuraĝa, eta viro. Mi baldaŭ revenos."

Ili zorgeme pakis siajn aĵojn. Armiloj kaj provizoj estis gravaj por ilia vojaĝo. La unuaj radioj de la matensuno kolorigis la ĉielon per varma oranĝo, kiam ili ekiris. "Ni iru, Nikos," diris Leonidas ridetante.

"Jes, al la aventuro!" ekkriis Nikos.

Ili piediris, kaj la pejzaĝo estis seka kaj varma. La vojoj estis polvaj, kaj ŝvito fluis sur iliaj vizaĝoj. Survoje, ili renkontis aliajn vojaĝantojn, kiuj rakontis pri malproksimaj landoj.

"Ĉu vi aŭdis pri la grandaj arbaroj en la okcidento?" demandis maljuna viro, kiun ili renkontis ĉe fonto. "Estas sovaĝaj bestoj kaj nekonataj triboj tie."

"Tio sonas ekscite," diris Nikos entuziasme.

"Sed ankaŭ danĝere," avertis la viro. "Estu gardemaj."

La amikoj transiris riverojn kaj montojn. Foje la vojo estis malfacila, sed ili ne malgajnis la kuraĝon. Post kelkaj tagoj, ili atingis la limojn de Sparto.

"Ni estas preskaŭ ĉe la fino de nia lando," diris Leonidas. "Baldaŭ ni eniros nekonatan teritorion."

Ili ripozis en malgranda vilaĝo. La vilaĝanoj estis amikaj kaj ofertis al ili manĝon kaj rifuĝon. "Vi estas kuraĝaj viroj," diris la vilaĝaĝestro. "Mi deziras al vi bonŝancon en via vojaĝo."

La sekvan matenon, post fortika matenmanĝo, Leonidas kaj Nikos daŭrigis sian vojaĝon. La suno ĵus leviĝis, kaj nova tago plena de eblecoj kuŝis antaŭ ili. "Ĉu vi estas preta?" demandis Nikos.

"Jes," respondis Leonidas firme. "Ni iru plu kaj vidu, kion la aventuro rezervas por ni."

- Adiaŭi - To bid farewell
- Arbaro - Forest
- Aventuro - Adventure
- Brakumi - To embrace
- Esplori - To explore
- Fortika - Hearty
- Gardema - Cautious
- Kuraĝo - Courage
- Larmo - Tear
- Milde - Gently
- Polva - Dusty
- Praulo - Ancestor
- Radio - Ray (of light)
- Rezervi - To reserve
- Vilaĝestro - Village chief

Tra la Sovaĝejo

Leonidas kaj Nikos iris pli profunden en la sovaĝejon. La arboj fariĝis pli densaj, kaj la sunlumo apenaŭ penetris tra la foliaro. "Ĝi fariĝas ĉiam pli malhela," rimarkis Nikos, atente rigardante ĉirkaŭe.

"Jes, kaj la sonoj de la bestoj fariĝas pli laŭtaj," respondis Leonidas. Efektive, ili aŭdis la susuradon de folioj kaj la pepadon de birdoj. Subite laŭta bleko trapenetris la aeron.

"Ĉu vi aŭdis tion?" demandis Nikos timigite.

"Jes, tio estis leono," diris Leonidas serioze. "Ni devas esti singardaj."

Ili trovis sekuran lokon por pasigi la nokton. "Ĉi tie ni estas protektitaj kontraŭ sovaĝaj bestoj," diris Leonidas kaj komencis fari fajron. Nikos kolektis lignon kaj helpis ekbruligi la fajron.

"La fajro tenos la bestojn for," diris Nikos trankvile.

Dum la nokto, ili aŭdis strangajn sonojn. Kreko, susurado, kaj poste denove silento. "Kio estis tio?" flustris Nikos.

"Restu vigla," respondis Leonidas. "Ĝi povus esti danĝera."

Matene ili daŭrigis sian vojon. "Mi ĝojas, ke nenio okazis," diris Nikos, streĉante sin.

"Jes, sed ni devas daŭre esti singardaj," respondis Leonidas. Sur sia vojo ili renkontis sovaĝajn bestojn - cervojn, aprojn, kaj eĉ urson. Ili restis trankvilaj kaj lasis la bestojn en paco.

"Ni devas transiri ĉi tiun riveron," diris Leonidas, montrante al la larĝa akvo antaŭ ili.

"Kiel ni tion faros?" demandis Nikos. "Ĝi estas tro larĝa por naĝi."

"Ni konstruos ponton el ligno," decidis Leonidas. Ili kolektis dikajn branĉojn kaj komencis konstrui la ponton. Post kelkaj horoj da malfacila laboro, la ponto estis preta, kaj ili povis sekure transiri la riveron.

"Rigardu ĉi tiun pejzaĝon," diris Nikos entuziasme. Antaŭ ili etendiĝis bela herbejo kun buntaj floroj kaj altaj herboj.

"Ĝi estas vere miranda," konsentis Leonidas. Ili daŭrigis sian vojon tra la arbaro kaj trovis manĝeblajn fruktojn. "Ĉi tiuj beroj aspektas bonguste," diris Nikos kaj kolektis kelkajn.

Subite ili aŭdis minacan muĝon. Grupo da sovaĝaj hundoj saltis el la arbustaro. "Rapide, eltiru vian glavon!" kriis Leonidas. Ili kuraĝe batalis kontraŭ la sovaĝaj hundoj kaj fine sukcesis forpeli ilin.

"Tio estis streĉa," diris Nikos spiregante. "Ni devas esti pretaj por ĉio."

"Jes, sed ni sukcesis," respondis Leonidas kaj frapetis sian amikon sur la ŝultro. "Ni daŭrigu kaj vidu, kion la sovaĝejo ankoraŭ havas por ni."

- Arbustaro - Thicket
- Bleko - Roar
- Branĉo - Branch
- Cervo - Deer
- Foliaro - Foliage
- Kolekti - To gather
- Kreko - Crackling
- Ligno - Wood
- Manĝebla - Edible
- Minaca - Menacing
- Muĝi - To roar
- Pepado - Chirping
- Protektita - Protected
- Spiregi - To gasp
- Susurado - Rustling

Renkonto kun la Tribaj Militistoj

Leonidas kaj Nikos daŭrigis sian vojon tra la sovaĝejo, kiam ili subite renkontis fremdan tribon. La tribaj militistoj aspektis minacaj kun siaj pentritaj vizaĝoj kaj akraj lancoj.

"Ni devas esti singardaj," flustris Nikos nervoze.

Sed antaŭ ol ili povis reagi, ili estis kaptitaj kaj kondukitaj al la tribestro. La ĉefo sidis sur granda, ornamita seĝo kaj parolis en nekonata lingvo. Leonidas kaj Nikos ne komprenis eĉ unu vorton.

"Kion ni faru?" demandis Nikos mallaŭte.

"Ni provu komuniki per gestoj," respondis Leonidas. Ili montris per la manoj al si mem kaj poste en la malproksimon, por klarigi, ke ili estis vojaĝantoj.

La tribestro observis ilin atente. Post iom da tempo, li kapjesis kaj parolis kun siaj militistoj. Al ilia surprizo, la tribo invitis ilin manĝi. Ili ricevis rostitan viandon kaj fruktojn.

"Tio estas bongusta," diris Nikos kaj mordis en sukan pomon.

"Jes, ili estas amikaj," konsentis Leonidas. "Eble ni devus rakonti al ili pri nia hejmlando."

Ili rakontis historiojn el Sparto – pri la militistoj, la festoj, kaj la mitoj de siaj dioj. La tribaj militistoj aŭskultis atente, iliaj okuloj larĝe malfermitaj pro scivolemo.

"Via lando sonas fascina," diris unu el la militistoj, kiu iom komprenis la grekan.

La tribestro fine decidis lasi ilin iri. "Vi estas liberaj," li diris per mana gesto.

Leonidas kaj Nikos adiaŭis la tribajn militistojn. "Multan dankon pro via gastamo," diris Leonidas kaj malpeze riverencis.

Por adiaŭo, ili ricevis donacojn de la tribo – ledajn sakojn plenajn de sekigitaj fruktoj kaj malgrandajn amuletojn el ligno. "Ĉi tiuj amuletoj supozeble protektos nin," klarigis Nikos ĝoje.

Ili daŭrigis sian vojon sentante sin malpezigitaj kaj dankemaj. "Ni havis bonŝancon," diris Nikos, kiam ili iris tra la arbaro.

"Jes, sed ni ankaŭ lernis, ke ĉie en la mondo estas amikaj homoj," respondis Leonidas. "Tio estas valora sperto."

Kun ĉi tiuj pensoj en la kapo, ili pluiris, demandante sin, kiajn aventurojn la estonteco rezervas por ili.

- Adiaŭo - Farewell
- Amuleto - Amulet
- Aperteneca - Affiliation
- Fascina - Fascinating
- Gastamo - Hospitality
- Kapjesi - To nod
- Klarigi - To explain
- Kondiĉi - To condition
- Menklaro - Gesture
- Militisto - Warrior
- Ornamita - Ornamented
- Pentrita - Painted
- Sperto - Experience
- Supreneti - To observe
- Vojaĝanto - Traveler

Danĝeraj Bestoj

Leonidas kaj Nikos iris tra la densa arbaro, kiam ili subite vidis grandan leonon. La leono estis malsata kaj agresema. "Atentu, Leonidas," kriis Nikos, "la leono aspektas danĝera!"

"Tiru vian armilon!" rapide respondis Leonidas. Ili tiris siajn armilojn, pretaj batali. La leono blekis laŭte kaj saltis al ili. Ekis furioza batalo. La leono estis forta kaj rapida, ĝiaj ungegoj akraj kiel tranĉiloj.

"Ni devas kunlabori," kriis Leonidas, dum li repuŝis la leonon per sia glavo. Nikos kapjesis kaj pikis la beston per sia lanco. Ili batalis kuraĝe kaj lerte, provante ne doni al la leono ŝancon.

Fine, post longa kaj laciga batalo, ili venkis la leonon. Ĝi kuŝis morta sur la tero. Leonidas kaj Nikos estis elĉerpitaj, sed feliĉaj, ke ili postvivis. "Ni sukcesis," spiregis Nikos, sidante.

"Jes, sed ni devas zorgi pri niaj vundoj," diris Leonidas kaj komencis purigi siajn vundojn. Ili ripozis kaj bandaĝis siajn vundojn per ŝtofstrioj.

La sekvan tagon ili daŭrigis sian vojon. "Mi esperas, ke ni ne renkontos danĝerajn bestojn hodiaŭ," diris Nikos kun malserena rideto.

"Mi ankaŭ," respondis Leonidas. Sed la arbaro estis plena de surprizoj. Subite ili vidis sovaĝajn aprojn, kiuj grimpis en la subkreskaĵaro. La aproj atakis ilin sen averto. "Atentu, ili venas!" kriis Nikos.

Ili devis defendi sin. La aproj estis sovaĝaj kaj fortaj, sed Leonidas kaj Nikos batalis kuraĝe. "Ni ataku ilin antaŭ ol ili vundos nin," proponis Leonidas. Post mallonga sed furioza batalo, ili mortigis la aprojn kaj prenis la viandon.

"Tio estis streĉa," diris Nikos kaj viŝis la ŝviton de sia frunto. "Sed nun ni almenaŭ havas ion por manĝi."

Ili kolektis lignon kaj faris bivakfajron. La viando de la aproj estis rostita super la fajro. "Ĝi odoras bonguste," diris Nikos kaj ridis.

"Jes, hodiaŭ vespere ni manĝos kiel reĝoj," respondis Leonidas. Ili sidis ĉirkaŭ la bivakfajro, manĝis la viandon kaj rakontis al si historiojn, dum la steloj briletis en la ĉielo.

- Agresema - Aggressive
- Apro - Boar
- Averaĝo - Average
- Bandaĝi - To bandage
- Bivakfajro - Campfire
- Elĉerpita - Exhausted
- Furioza - Furious

- Kapjesi - To nod
- Kolekti - To gather
- Kuraĝe - Courageously
- Laciga - Exhausting
- Repeli - To repel
- Subkreskaĵaro - Undergrowth
- Trarĉilo - Knife
- Viŝi - To wipe

Fuĝo antaŭ la Homomanĝantoj

Leonidas kaj Nikos alvenis en nekonatan regionon. La arbaro ĉi tie estis pli malluma kaj pli densa ol antaŭe. "Ĉu vi rimarkis tiujn spurojn sur la grundo?" demandis Nikos kaj montris strangajn piedsignojn en la koto.

"Jes, ili aspektas strangaj," respondis Leonidas. "Ni devas esti singardaj." Subite ili estis atakitaj de homomanĝantoj. La homomanĝantoj aspektis danĝeraj, kun akraj armiloj kaj malicaj vizaĝoj.

"Kuru, Nikos!" kriis Leonidas. Ili devis rapide fuĝi. Ili kuris tra la densa arbaro, dum la homomanĝantoj postkuris ilin. La branĉoj frapis iliajn vizaĝojn, kaj adrenalino pumpis tra iliaj vejnoj.

"Rapidu, Leonidas!" kriis Nikos, dum ili rapidis tra la subkreskaĵaro. Ili trovis kavernon kaj kaŝis sin en ĝi. La homomanĝantoj serĉis ilin, iliaj malicaj voĉoj resonis tra la arbaro.

"Ne spiru," flustris Leonidas. Ili sidis silente en la mallumo de la kaverno, iliaj koroj batante forte. Fine, la homomanĝantoj rezignis kaj foriris.

"Mi kredas, ke ili foriris," diris Nikos mallaŭte. "Ni atendu ankoraŭ iom, por esti certaj."

Ili atendis iom da tempo en la kaverno kaj aŭskultis por bruoj. Post iom da tempo, ili singarde daŭrigis sian vojon. "Ni devas nun esti eĉ pli singardaj," diris Leonidas.

"Jes, tio estis streĉa," konsentis Nikos. Ili iris malrapide kaj atente, ĝojaj, ke ili eskapis. "Mi esperas, ke ni ne renkontos pluajn danĝerojn," diris Nikos kaj spiris profunde.

"Mi ankaŭ tion esperas," respondis Leonidas. "Sed ni devas esti pretaj por ĉio." Kun tiuj vortoj ili daŭrigis sian vojaĝon, ĉiam atentemaj pri novaj danĝeroj.

- Adrenalino - Adrenaline
- Atentema - Alert
- Eskapi - To escape
- Fuĝi - To flee
- Kaŝi - To hide
- Kaverno - Cave
- Kotizo - Mud
- Malica - Malicious
- Malluma - Dark
- Piedsigno - Footprint
- Pumpi - To pump
- Rezigni - To give up
- Resoni - To resound
- Silenta - Silent
- Singarda - Cautious

La Mistera Urbo

Leonidas kaj Nikos daŭrigis sian vojon tra la sovaĝejo, ĝis ili subite trovis malnovan, forlasitan urbon. La konstruaĵoj estis grandaj kaj imponaj, iliaj muroj markitaj de la tempo.

"Rigardu tiujn statuojn," diris Nikos kun respekto. Ĉie staris imponaj statuoj kaj temploj, kiuj atestis pri delonge pasinta civilizacio.

"Kiu konstruis ĉi tiun urbon?" demandis Leonidas scivoleme, dum ili esploris la stratojn de la urbo. Ili trovis malnovajn skribrulaĵojn kaj artefaktojn, kiuj rakontis historiojn pri dioj kaj herooj.

"Ĉi tiuj skribrulaĵoj estas fascinaj," diris Nikos kaj singarde foliumis unu el ili. "Sed mi ne komprenas la lingvon."

La urbo estis ĉirkaŭita de alta muro, kio donis al ili la senton esti enkaĝigitaj. "Mi sentas min observata," flustris Leonidas maltrankvile. Subite ili aŭdis bruojn, kiuj resonis tra la malplenaj stratoj.

"Ĉu vi aŭdis tion?" demandis Nikos kaj rigardis ĉirkaŭen timigite. Ili vidis ombrojn rapide moviĝantajn en la aleoj.

"Ni devus forlasi la urbon," diris Leonidas decide. "Io ne estas en ordo ĉi tie."

Ĉe la rando de la urbo ili trovis kaŝitan pordon, duonkovritan de kreskaĵoj. "Ĉi tien," diris Nikos kaj forŝovis la hederon. Ili forlasis la urbon tra la pordo kaj tuj sentis sin malpezigitaj.

Ekstere atendis nova defio. Antaŭ ili leviĝis enorma montaro, kies pintoj perdiĝis en la nuboj. "Jen nia sekva tasko," diris Leonidas kaj montris al la montoj.

"Ni devas transiri la montaron," konsentis Nikos. "Kiu scias, kio nin atendos tie supre."

Kun decidemo en la okuloj, ili ekiris al la piedo de la montaro, pretaj por la sekva granda aventuro, kiu atendis ilin.

- Aleoj - Alleys
- Artefakto - Artifact
- Delonge - Long ago
- Enkaĝigita - Caged
- Fascina - Fascinating
- Forlasi - To leave
- Impona - Impressive
- Kaŝita - Hidden
- Kreskaĵoj - Vegetation
- Malpezigita - Relieved

- Montaro - Mountain range
- Resonigi - To echo
- Skribrulaĵo - Scroll
- Statuo - Statue
- Templo - Temple

Trans la Montaron

La supreniro estis kruta kaj danĝera. Leonidas kaj Nikos pene grimpis super rokoj kaj ŝtonegoj. "Atentu, estas glite," avertis Leonidas, kiam Nikos preskaŭ glitis.

"Ĝi fariĝas malvarma kaj venta," rimarkis Nikos tremante. La glacia vento mordis iliajn vizaĝojn, kaj la temperaturo rapide falis. Tamen ili trovis sekuran vojon supren, kiu protektis ilin kontraŭ la plej fortaj ventoj.

La neĝo malfaciligis la grimpadon. "Ĉi tiu neĝo estas profunda," spiregis Leonidas, kiam li pene trairis la blankan kovraĵon. Ili batalis kontraŭ la malvarmo kaj la vento, iliaj manoj kaj vizaĝoj iĝis sensentaj pro frosto.

"Ni devas ripozi," diris Nikos elĉerpita. Ili ofte serĉis ŝirmejon malantaŭ rokoj kaj sidiĝis por iom refortiĝi.

"Jen estas kaverno," kriis Leonidas kaj montris al malfermaĵo en la rokmuro. Ili trovis kavernon por tranokti kaj rapide faris fajron por varmigi sin.

"Rakontu al mi historion por resti vigla," petis Nikos kaj laca ridetis.

Leonidas komencis rakonti malnovan legendon el Sparto. La rakontoj helpis ilin resti viglaj kaj atentaj, dum ekstere la vento muĝis.

La sekvan tagon ili daŭrigis la supreniron. "Ni estas preskaŭ ĉe la pinto," diris Leonidas esperplene. Post horoj da laciga grimpado, ili fine atingis la montopinton.

"Rigardu, Nikos," diris Leonidas kaj montris la vidon. De supre ili vidis novan, mirigan pejzaĝon. Vasta ebenaĵo kaj densaj arbaroj etendiĝis ĝis la horizonto.

"Ĝi estas belega," diris Nikos respektoplene. Tamen la malsupreniro estis same danĝera kiel la supreniro. Ili devis esti singardaj por ne fali.

"Restu proksime al mi," diris Leonidas, dum ili malrapide kaj zorgeme malsupreniris. Fine ili atingis la valon kaj sentis sin malpezigitaj.

"Ni sukcesis," diris Nikos elĉerpita, sed feliĉa. "Nun komenciĝas nova ĉapitro de nia vojaĝo."

"Jes," konsentis Leonidas. "Kaj kiu scias, kiajn aventurojn ni ankoraŭ trovos."

- Averti - To warn
- Danĝera - Dangerous
- Elĉerpita - Exhausted
- Ebenaĵo - Plain
- Esperplene - Hopefully
- Fali - To fall
- Frosto - Frost
- Gliti - To slip
- Kruta - Steep
- Malpezigita - Relieved
- Malsupreniro - Descent
- Pene - With effort
- Ripozi - To rest
- Ŝirmi - To shelter
- Supreniro - Ascent

La Lasta Defio

En la valo atendis la lasta defio. Leonidas kaj Nikos staris ĉe la rando de giganta kanjono. "Kiel ni transiros tion?" demandis Nikos maltrankvile.

"Ne estas ponto," konstatis Leonidas, ĉirkaŭrigardante. "Ni devas trovi iun vojon."

Ili decidis konstrui ŝnuron el plantofibroj. "Ni povas uzi ĉi tiujn fortajn rebojn," proponis Leonidas. Ili kolektis la plantojn kaj nodis longan, fortan ŝnuron.

"Mi unue grimpos," diris Leonidas decide. Li prenis la ŝnuron kaj komencis singarde sin pendolumi super la kanjono. La ŝnuro tenis, sed estis danĝere. "Estu singarda!" kriis Nikos post li.

Leonidas sekure atingis la alian flankon. "Nun vi, Nikos," li kriis. Nikos sekvis lin, malrapide kaj koncentrite. Li apenaŭ povis subpremi la tremadon en siaj manoj, sed fine li ankaŭ atingis la alian flankon.

"Ni sukcesis," diris Leonidas kun malpeziĝo. Sed ili estis elĉerpitaj kaj malsataj. "Ni urĝe bezonas ion por manĝi kaj paŭzon," aldonis Nikos.

Feliĉe, ili trovis malgrandan vilaĝon. La vilaĝanoj tuj helpis ilin. "Envenu kaj ripozu," diris afabla virino. Ili ricevis varman manĝon kaj lokon por dormi.

"Vi aspektas kvazaŭ vi estus post longa vojaĝo," rimarkis la vilaĝaĝestro. Leonidas kaj Nikos rakontis pri siaj aventuroj. "Vi estas kuraĝaj viroj," diris la aĝestro admire.

"Ni devas plu vojaĝi okcidenten," penseme diris Nikos. "Estas ankoraŭ tiom multe por malkovri."

"Jes," konsentis Leonidas. "Ni jam spertis multon, sed nia vojaĝo ankoraŭ ne finiĝis."

Ili sciis, ke ankoraŭ multaj aventuroj atendis ilin. Kun nova forto kaj espero, ili daŭrigis sian vojaĝon, ekscitite pri la defioj kaj mirindaĵoj, kiujn la estonteco rezervis por ili.

- Admire - Admirably
- Aĝestro - Elder
- Defio - Challenge
- Ekscitite - Excitedly
- Elĉerpita - Exhausted
- Forto - Strength
- Giganta - Gigantic
- Kanjono - Canyon
- Konstati - To ascertain
- Malpeziĝo - Relief
- Pendolumi - To swing
- Planto - Plant
- Rebo - Vine
- Ŝnuro - Rope
- Urĝe - Urgently

De Parizo al Pekino

La Starto en Parizo

Estas la jaro 1900. Germana teamo prepariĝas por granda aventuro: aŭtovetkuro de Parizo al Pekino. La teamo konsistas el Fritz, la ŝoforo, Karl, la mekanikisto, kaj Anna, la navigistino. Ili staras ĉe la starto en Parizo, ĉirkaŭitaj de granda amaso da scivolemaj spektantoj.

"Rigardu ĉiujn tiujn homojn," diris Anna nervoze. "Ili estas ĉi tie por vidi la novajn aŭtojn."

Fritz kapjesis kaj kontrolis la motoron lastfoje. "La aŭto devas funkcii perfekte. Ni ne rajtas fari erarojn."

Karl pakis la ilojn kaj anstataŭaĵojn. "Ni estas bone preparitaj. Se io okazos, ni povos ripari ĝin."

Anna studis la itineron sur granda mapo. "Ni devas precize scii, kien ni veturas. Estos malfacile, sed ni sukcesos."

La starta pafo ekis, kaj la aŭtoj ekmoviĝis. Fritz koncentriĝis pri la vojo, dum la teamo forlasis Parizon kaj veturis orienten. La vojoj estis ŝtonaj kaj plenaj de obstakloj. "Ĉi tiuj vojoj estas vera defio," rimarkis Fritz.

"Sed ni progresas bone," respondis Karl, atente kontrolante la motoron.

La aliaj teamoj estis fortaj konkurantoj. "Ni ne rajtas subtaksi ilin," diris Anna, rigardante la mapon. "Ni devas esti pli rapidaj kaj samtempe veturi sekure."

La unua etapo finiĝis en malgranda urbo en Francio. La teamo estis elĉerpita, sed feliĉa, ke ili superis la unuan obstaklon. "Ni sukcesis," diris Fritz, sentante sin senpezigita.

"Jes, sed tio estis nur la komenco," aldonis Karl. "Ni ankoraŭ havas longan vojon antaŭ ni."

Anna ridetis kaj metis la mapon flanken. "Ni ripozu kaj morgaŭ komencu freŝaj. La aventuro ĵus komenciĝis."

La suno subiris, kaj la teamo prepariĝis por la nokto. Ili sciis, ke la venontaj tagoj alportos multajn defiojn, sed ili estis pretaj alfronti ilin.

- Amasa - Crowd
- Anstataŭaĵo - Spare part
- Defio - Challenge
- Elĉerpita - Exhausted
- Freŝa - Fresh
- Ilkaro - Toolbox
- Itinero - Route
- Kapjesi - To nod
- Konkuranto - Competitor
- Navigisto - Navigator
- Obstaklo - Obstacle
- Pakado - Packing
- Senpezigita - Relieved
- Subtaksi - To underestimate
- Ŝtona - Rocky

Tra Germanio

La Teamo Alvenas ĉe la Germana Limo

La teamo atingas la germanan limon. "Bonvenon al Germanio," diris Fritz kun rideto, kiam ili transiris la limon. La konataj pejzaĝoj bonvenigis ilin kun vastaj kampoj kaj densaj arbaroj.

Fritz ĝuis la veturadon sur la glataj vojoj. "Estas multe pli agrable ol la ŝtonaj vojoj en Francio," li diris.

Karl regule kontrolis la motoron. "Ĉio funkcias perfekte," li raportis. "Ni estas en bona stato."

Anna navigis la teamon sekure tra urboj kaj vilaĝoj. "Ni devas turni maldekstren," ŝi diris montrante la mapon. "Tio ŝparos al ni tempon."

En eta vilaĝo ili renkontis scivolemajn vilaĝanojn. "Kia impona maŝino," diris maljuna viro, admirante la aŭton.

"Jes, ĝi estas por la granda vetkuro de Parizo al Pekino," klarigis Karl fiere. La homoj miris kaj deziris al ili bonŝancon.

En pli granda urbo eĉ okazis parado honore al la vetveturistoj. "Tio estas mirinda," kriis Anna entuziasme, kiam ili veturis tra la ornamitaj stratoj. "La homoj ĉi tie estas tiel amikaj."

La teamo faris mallongan paŭzon por ripozi kaj ripari etajn damaĝojn al la aŭto. "Kelkaj ŝraŭboj devas esti streĉitaj," diris Karl, dum li kuŝis sub la aŭto.

"Ni ankaŭ devus plenigi la tankon," proponis Fritz. "La sekva etapo estos longa."

La vojaĝo daŭris tra arbaroj kaj kampoj. La pejzaĝo estis bela, sed subita pluvŝtormo faris la vojojn kotozaj. "Atentu, Fritz," avertis Anna. "La vojo estas glitiga."

La aŭto restis blokita en la koto. "Ve, ni blokis," sakris Fritz.

Karl kaj Fritz devis eltiri la aŭton. "Donu al mi la ŝnuron," diris Karl kaj komencis liberigi la aŭton el la koto. La vilaĝanoj venis por helpi kaj kune ili sukcesis reenmeti la aŭton sur la vojon.

"Multan dankon pro via helpo," diris Anna dankeme al la vilaĝanoj. "Sen vi ni ne povus pluiri."

La teamo daŭrigis sian vojaĝon kaj atingis la polan limon. "Ni sukcesis," diris Fritz sentante sin senpeza. "Al Pollando!"

"Nova lando, nova aventuro," aldonis Anna. "Ni daŭrigu kaj vidu, kio nin atendas."

- Admiri - To admire
- Bloki - To block
- Damaĝo - Damage
- Densa - Dense
- Glitiga - Slippery
- Impona - Impressive

- Kontroli - To check
- Kotoza - Muddy
- Liberegi - To free
- Navigi - To navigate
- Ornamita - Decorated
- Parado - Parade
- Raporti - To report
- Streĉi - To tighten
- Subita - Sudden

Tra Orienta Eŭropo

La vojoj en Pollando estas krudaj kaj neegalaj. "Ĉi tiuj vojoj estas vera defio," rimarkis Fritz, dum la aŭto veturis super la ŝtonaj vojoj.

La teamo batalis kun teknikaj problemoj. "La motoro sonas ne bone," diris Karl zorgeme. Plurfoje li devis ripari la motoron, dum Fritz kaj Anna atendis.

"Ni sukcesos," diris Karl optimisme, dum li pretigis la ilojn. "Mi rekonektos la motoron."

Ili tranoktis en malgrandaj gastejoj laŭlonge de sia itinero. "Estas bone havi tegmenton super la kapo," diris Anna, kiam ŝi ripozis en la gastejo.

Anna komunikis kun la lokanoj, kiuj ofte helpis ilin trovi la plej bonajn vojojn. "Sekvu ĉi tiun vojon," diris amika kamparano, "ĝi estas pli bona kaj pli rapida."

En urbo, la teamo renkontis aliajn vetveturistojn. "Kiel iras al vi?" demandis franca ŝoforo. Estis amikaj konversacioj kaj sperta interŝanĝo.

"Nia motoro havas problemojn," klarigis Karl. "Sed ni progresas."

La aŭto havis pneŭan damaĝon, kaj Karl devis ŝanĝi la radon en malfacilaj kondiĉoj. "Ĉi tio ne estas ideala," li diris, dum li genuis en la koto. "Sed necesas fari ĝin."

La vojaĝo kondukis tra montetaj pejzaĝoj. "Rigardu ĉi tiun vidon," diris Anna entuziasme, dum ŝi admiris la verdajn montetojn.

En la distanco ili vidis la Karpatojn. "Tio estos vera defio," diris Fritz, dum li rigardis la montojn.

La veturado tra la montoj estis laciga. Fritz devis veturi singarde por eviti akcidentojn. "Ĉi tiuj kurboj estas danĝeraj," li diris koncentrite.

"Ni devas veturi malrapide kaj singarde," konsentis Karl. "Estus fatale fari eraron ĉi tie."

Post longa kaj laciga veturado, ili atingis la limon al Rusio. "Ni sukcesis," diris Fritz senpeze.

"Nun komenciĝas la sekva etapo de nia vojaĝo," diris Anna. "Ni ripozu mallonge kaj tiam plu veturu."

La teamo estis feliĉa lasi la Karpatojn malantaŭ si kaj preparis sin por la defioj, kiujn Rusio por ili rezervis.

- Akcidento - Accident
- Defio - Challenge
- Fatala - Fatal
- Gastejo - Inn
- Genui - To kneel
- Itinero - Route
- Karpatoj - Carpathians
- Kondico - Condition
- Kruda - Rough
- Laciga - Tiresome
- Monteto - Hill
- Neegala - Uneven
- Pneŭo - Tire
- Rekonekti - To reconnect
- Senpeze - With relief

La Rusa Vastoj

La teamo veturas tra senfinaj rusaj pejzaĝoj. "Estas nekredeble, kiel vasta ĉi tiu lando estas," rimarkis Anna, dum ŝi rigardis el la fenestro.

La vojoj ofte estas malbonaj aŭ tute ne ekzistantaj. "Ĉi tiuj truoj malfaciligas la veturadon," diris Fritz, kaj stiris la aŭton singarde ĉirkaŭ la truojn.

Ili transiras vastajn stepojn kaj arbarojn. "La naturo ĉi tie estas mirinda," diris Karl, kiam ili veturis tra densa arbaro.

Sabloŝtormo preskaŭ faras la vidon neebla. "Mi apenaŭ povas vidi ion," kriis Fritz, dum li haltigis la aŭton. La teamo devis halti kaj atendi, ĝis la ŝtormo pasis.

Ili renkontas nomadojn, kiuj ofertas al ili akvon kaj manĝaĵon. "Vi devas esti soifaj," diris maljuna viro kaj donis al ili kruĉon da akvo. La gastamo de la nomadoj helpis ilin refortiĝi.

En urbo ili vizitas merkaton kaj aĉetas provizojn. "Ni bezonas pli da benzino kaj manĝaĵo," diris Karl, dum ili promenis tra la budoj. La homoj estis amikaj kaj scivolemaj pri la fremduloj.

La aŭto denove havas teknikajn problemojn. "La motoro sonas ne bone," diris Fritz maltrankvile. Karl malkovris, ke la benzinrezervujo havas likon. "Tio estas serioza," li diris. Ili riparis la rezervujon provizore por povi daŭrigi la veturadon.

La noktoj estas malvarmaj, kaj la teamo dormas en la aŭto. "Mi neniam spertis tian malvarmon," diris Anna kaj envolvis sin en kovrilon. La noktoj estis malfacilaj, sed ili restis deciditaj.

Anna planis la itineron tra Siberio. "Ni devas esti bone preparitaj," diris ŝi, dum ŝi studis la mapon. "La vojo estas longa kaj danĝera."

Ili devas transiri grandan riveron. "Ne estas ponto," diris Fritz. "Kiel ni faros tion?" Estis nur unu eblo: ili uzis pramon, kiu sekure portis ilin al la alia flanko.

La vojaĝo daŭras orienten, direkte al Mongolio. "Ni estas sur la ĝusta vojo," diris Anna memfide. "Balde ni atingos la limon."

"Ĉiu etapo alproksimigas nin al nia celo," aldonis Karl. "Ni daŭrigu." Kun nova energio kaj decidemo, ili pluiris sian vojaĝon.

- Benzinrezervujo - Gas tank
- Densa - Dense
- Gastamo - Hospitality
- Itinero - Itinerary
- Kruĉo - Jug
- Liko - Leak
- Merkaton - Market
- Mirkado - Wonder
- Nekredeble - Incredibly
- Nomado - Nomad
- Pramo - Ferry
- Provizo - Supply
- Senfina - Endless
- Stepo - Steppe
- Truo - Hole

Tra Mongolio

La pejzaĝo en Mongolio estas sovaĝa kaj bela. "Rigardu ĉi tiujn vastajn ebenaĵojn kaj la montojn en la malproksimo," diris Anna entuziasme.

La teamo renkontas nomadajn tribojn. "Bonvenon," diris maljuna nomado kaj ridetis. Ili estas invititaj tranokti en jurta tendaro. La gastamo de la nomadoj estas impona.

"Ĉi tiuj jurtoj estas mirindaj," rimarkis Fritz, kiam ili eniris la rondajn, tradiciajn tendojn. La teamo ĝuas tradiciajn mongolajn manĝaĵojn. "La kuirita ŝafaĵo bongustas," diris Karl kaj lekis siajn lipojn.

La sekvan tagon ili daŭrigas sian vojaĝon. "Multan dankon pro ĉio," diris Anna, kiam ili adiaŭis. La nomadoj deziris al ili bonŝancon.

La Gobia Dezerto prezentas grandan defion. "La varmego estas netolerebla," ĝemis Fritz. Sabloŝtormoj kaj varmego malfaciligas la veturadon. "Ni devas esti singardaj," avertis Anna.

La aŭto restas plurfoje blokita en la sablo. "Ne denove," suspiris Karl. Fritz kaj Karl devas ripete elfosi la aŭton. "Ni sukcesos," kuraĝigis Fritz sian amikon.

Anna navigas precize tra la senfina dezerto. "Ni ne rajtas deviĝi de la kurso," diris ŝi kaj studis la mapon atente. Ili trovas oazon kaj ripozas. "La akvo ĉi tie estas kiel donaco de la ĉielo," diris Fritz dankeme.

La provizoj malpliiĝas. "Ni devas ŝpareme uzi la manĝaĵon," diris Karl zorgeme. Tamen la teamo restis decidita.

Ili atingas la limon al Ĉinio. "Ni sukcesis," diris Anna senpeze. "Ĉinio estas antaŭ ni."

La teamo estas elĉerpita, sed decidita atingi la celon. "Ni estas tiel proksimaj," diris Fritz. "Ni ne rajtas rezigni nun."

"Ni daŭrigu," konsentis Karl. "La celo estas atingebla." Ili kolektis siajn fortojn kaj daŭrigis sian vojaĝon, pretaj por la lastaj etapoj de sia granda aventuro.

- Adiaŭi - To bid farewell
- Defio - Challenge
- Deviĝi - To deviate
- Elfosi   To dig out
- Gastamo - Hospitality
- Impona - Impressive
- Jurt - Yurt
- Kolekti - To gather
- Kurso - Course
- Malpliiĝi - To decrease
- Netolerebla - Unbearable
- Oazo - Oasis
- Proksima - Near

- Suspiri - To sigh
- Ŝpareme - Sparingly

Tra Norda Ĉinio

La teamo veturas tra la vastaj ebenaĵoj de Norda Ĉinio. "Ĉi tiu pejzaĝo estas vere impona," diris Anna, dum ŝi rigardis la senfinajn kampojn.

La vojoj estas pli bonaj, sed ankoraŭ defiaj. "Estas krizhelpo ne havi tiom da truoj," rimarkis Fritz. Tamen ili devis veturi singarde por eviti akcidentojn.

Ili renkontas vilaĝojn kaj urbojn kun viglaj merkatoj. "Ĉi tie estas tiom multaj interesaj aferoj por vidi," diris Karl, kiam ili preterveturis merkaton. La budoj estis plenaj de buntaj varoj kaj ekzotaj fruktoj.

En urbo ili havas renkonton kun la aŭtoritatoj. "Haltu! De kie vi venas?" demandis policano severe. Post kelkaj klarigoj, ili rajtas daŭrigi. "Ni estas partoprenantoj de vetkuro de Parizo al Pekino," klarigis Anna en la ĉina.

La aŭto denove havas motorproblemon. "Ho ne, ne denove," suspiris Fritz. Karl malkovras, ke la karburilo estas difektita. "Jen la problemo," diris Karl montrante al la rompita parto.

Ili riparas la karburilon sub la rigardo de scivolemaj vilaĝanoj. "Kion vi faras tie?" demandis knabo. Karl pacience klarigis la mekanikon de la aŭto.

Anna komunikas kun la lokanoj en la ĉina. "Ĉu vi povas montri al ni la plej bonan vojon al Pekino?" ŝi demandis. Ili ricevas valorajn informojn pri la itinero. "Sekvu ĉi tiun vojon kaj poste maldekstren," diris maljuna viro.

La pejzaĝo ŝanĝiĝas, dum ili veturas suden. "La montoj proksimiĝas," rimarkis Fritz. Ili devas superi grandan montpasejon. "Tio estos defio," diris Karl zorgeme.

La veturado tra la montoj estas danĝera kaj laciga. "Veturu malrapide kaj singarde," konsilis Anna, dum ili supreniris la krutajn kurbojn. La aŭto montris unuajn signojn de eluziĝo. "Esperu, ke ĝi eltenos," diris Fritz.

Ili atingas la lastan etapon de sia vojaĝo. "Ni estas tiel proksimaj," diris Anna kun briletantaj okuloj. "Nur ankoraŭ iomete plu."

"Ni sukcesos," diris Fritz decideme. "Pekino, ni venas!" La teamo daŭrigis sian vojaĝon, pretaj por la lastaj defioj sur la vojo al la celo.

- Aŭtoritato - Authority
- Budoj - Stalls
- Difekti - To damage
- Eluziĝo - Wear and tear
- Impona - Impressive
- Itinero - Route
- Karburilo - Carburetor
- Krizhelpo - Relief
- Kruta - Steep
- Montpasejo - Mountain pass
- Pacience - Patiently
- Renkonti - To encounter
- Senfina - Endless
- Severe - Severely
- Vigla - Lively

La Lastaj Kilometroj

La teamo veturas tra la ĉina pejzaĝo. "La kampoj kaj montetoj estas vere belaj," diris Anna, dum ŝi rigardis el la fenestro. "Ni estas preskaŭ tie."

Ili vidas la unuajn signojn de Pekino en la malproksimo. "Jen ĝi estas," vokis Fritz entuziasme. "Ni povas vidi la urbon!"

La vojoj pliboniĝas kaj la veturado iĝas pli agrabla. "Estas bone veturi sur ĉi tiuj glataj vojoj," diris Karl kun malpeziĝo.

Fritz kaj Karl estas elĉerpitaj, sed ekscititaj. "Mi apenaŭ povas kredi, ke ni preskaŭ sukcesis," diris Fritz, dum li daŭrigis la veturadon.

Anna navigas ilin sekure tra la lastaj vilaĝoj. "Ankoraŭ kelkaj kilometroj," diris ŝi montrante la mapon. "Ni estas sur la ĝusta vojo."

Ili preterpasas la Grandan Muron. "Tio estas nekredebla," diris Karl impresite. "Mi neniam pensis, ke mi vidos la Grandan Muron."

La homoj ĉe la vojrando ĝojas por ili. "Rigardu, ili festas nin," diris Anna kaj mansvingis al la homoj. "Tio donas al ni novan energion."

La aŭto bone eltenis la malfacilaĵojn de la vojaĝo. "Nia aŭto estas vera heroo," diris Fritz fiere. "Ĝi portis nin tra la tuta vojo."

Ili devas veturi nur kelkajn kilometrojn plu. "Nur ankoraŭ eta peco," diris Karl kuraĝige. "Ni sukcesos."

La tensio kreskas, ju pli proksime ili alvenas al Pekino. "Mia koro batas pli rapide," konfesis Anna. "Mi estas tiel ekscitita!"

La teamo pripensas la defiojn de la vojaĝo. "Ni spertis tiom multe," diris Fritz penseme. "Ĝi estis nekredebla vojaĝo."

Fritz koncentriĝas al la vojo. "Ni ne rajtas fari eraron nun," diris li decide.

Karl kontrolas la motoron lastfoje. "Ĉio aspektas bone," raportis li. "Ni estas pretaj por la finstreko."

Anna donas la lastajn navigadajn instrukciojn. "Ĉi tie maldekstren kaj poste rekte," diris ŝi. "La celo estas tuj antaŭe."

Fine ili vidas la celon antaŭ si. "Jen ĝi estas," vokis Fritz. "Ni sukcesis!" La teamo ĝojkriis kaj festis, dum ili veturis la lastajn metrojn ĝis la cellinio. Ilia vojaĝo de Parizo al Pekino estis kompletigita.

- Ĉellinio - Finish line

- Ekscitita - Excited
- Elteni - To endure
- Festado - Celebration
- Finstreko - Finish line
- Glata - Smooth
- Impresi - To impress
- Instrukcio - Instruction
- Kilometro - Kilometer
- Konfesi - To confess
- Malproksimo - Distance
- Navigado - Navigation
- Pliboniĝi - To improve
- Preskaŭ - Almost
- Vojrando - Roadside

Alveno en Pekino

La teamo atingas la celon en Pekino. "Ni sukcesis!" vokis Fritz, kiam ili preterpasis la urbolimon. La malpeziĝo estis videbla sur iliaj vizaĝoj.

Ili estas bonvenigitaj de jubila homamaso. "Rigardu, kiom da homoj estas ĉi tie," diris Anna miregante. "Tio estas nekredebla!"

La aliaj vetveturistoj jam alvenis. "Ni ne estas la unuaj, sed tio ne gravas," rimarkis Karl kaj mansvingis al la aliaj teamoj.

Okazas granda festo honore al la partoprenantoj. "Ni meritas ĉi tion," diris Fritz, dum ili partoprenis la feston. La muziko kaj ridoj plenigis la aeron.

Fritz, Karl, kaj Anna estas elĉerpitaj, sed feliĉaj. "Tio estis la vojaĝo de nia vivo," diris Anna kaj laca ridetis.

Ili dividas siajn spertojn kun la aliaj teamoj. "Ĉu vi ankaŭ havis tiajn problemojn kun la vojoj en Rusio?" demandis Karl. Ili interŝanĝis rakontojn kaj kune ridis.

La organizantoj donas al ili medalojn. "Ĉi tiu medalo estas por via kuraĝo kaj eltenemo," diris la ĉefa organizanto kaj pendigis medalon ĉirkaŭ la kolo de ĉiu.

La aŭto estas admirata kaj fotografata. "Ĉi tiu aŭto alportis nin ĝis ĉi tie," diris Fritz fiere, dum la homoj faris fotojn.

Ili ĝuas la ĉinan gastamon. "La homoj ĉi tie estas tiel amikaj," diris Anna, dum ŝi gustumis bongustajn ĉinajn pladojn.

Anna gvidas la teamon tra la urbo. "Venu, mi montros al vi la Malpermesitan Urbon," diris ŝi kaj gvidis Fritz kaj Karl tra la viglaj stratoj de Pekino.

Ili vizitas historiajn vidindaĵojn. "Ĉi tiuj konstruaĵoj estas tiel malnovaj kaj belaj," diris Karl impresite, dum ili vizitis la malnovajn templojn kaj palacojn.

Karl trovas mekanikiston, kiu riparas la aŭton. "Ni devas revenigi nian aŭton en bona stato hejmen," diris Karl. La mekanikisto tuj ekis la laboron.

Fritz ĝuas la lokan kuirarton. "Ĉi tiu manĝo estas mirinda," diris li, dum li malplenigis bovlon kun nudeloj. "Mi povus kutimiĝi al ĉi tio."

La teamo planas sian revenon al Germanio. "Ni devas baldaŭ reveni," diris Anna. "Sed unue ni ripozu iomete."

Ili estas fieraj pri sia atingo kaj la aventuroj, kiujn ili spertis. "Ni sukcesis," diris Fritz. "Kaj ni neniam forgesos ĉi tiun vojaĝon."

"Al multaj pliaj aventuroj," aldonis Karl. "Sed eble post longa paŭzo," ridis Anna. Ili forlasis Pekinon kun multaj memoroj kaj rakontoj, kiuj ĉiam akompanos ilin.

- Admirata - Admired
- Akompani - To accompany
- Atingo - Achievement
- Eltenemo - Endurance
- Festeno - Feast
- Fotografi - To photograph

- Gvidi - To guide
- Jubila - Jubilant
- Kuraĝo - Courage
- Malpermesita - Forbidden
- Medalo - Medal
- Miregi - To marvel
- Organizanto - Organizer
- Partoprenanto - Participant
- Vidindaĵo - Sight (tourist attraction)

Kaptitaj en la Malproksimo

La vojaĝo komenciĝas

En la jaro 1680, forlasas la havenon hamburga komerca ŝipo. La suno brilas, kaj la maristoj de la skipo estas en bona humoro. "Estos sukcesa vojaĝo," diras Heinrich, sperta maristo, al sia amiko Johann.

La skipo konsistas el 25 viroj, ĉiuj spertaj maristoj. La kapitano, Sinjoro Fischer, estas strikta, sed justa viro. "Ni havas sufiĉe da varoj surŝipe por fari bonan profiton," li fiere klarigas. Ili transportas salon, ŝtofojn kaj spicojn, kaj la viroj estas optimismaj.

La vetero estas bona, kaj la maro estas trankvila. La viroj ridas kaj rakontas al si rakontojn. "Mi apenaŭ povas atendi esti denove hejme kaj montri al mia familio la belajn ŝtofojn," diras juna maristo nomata Hans.

Unu nokton, kiam la skipo dormas sub ferdeko, la observanto rimarkas fremdan ŝipon sur la horizonto. "Kapitano! Estas ŝipo, kiu rapide proksimiĝas al ni!" li krias. La kapitano, Sinjoro Fischer, rigardas tra sia lorneto. "Tio ne aspektas bone," li murmuras.

La fremda ŝipo rapide proksimiĝas. La kapitano donas alarmon, kaj la skipo prepariĝas por la plej malbona. "Ĉiuj viroj sur ferdekon! Prepariĝu por batalo!" krias Sinjoro Fischer. La viroj kaptas siajn armilojn kaj prenas siajn poziciojn.

La fremda ŝipo ne montras flagon. Subite pafoj eksonas. "Kovru vin!" krias Heinrich kaj tiras Johann malantaŭ barelo. La fremda ŝipo kolizias kun la hamburga ŝipo kun plena forto. Viroj estas ĵetitaj al la planko pro la forto de la kolizio.

Viroj en fremdaj vestoj sturmas surŝipen. Ili estas armitaj kaj krias en nekonata lingvo. "Kion ili volas de ni?" demandas Johann timeme. La skipo batalas brave, sed ili estas superitaj en nombro. "Ni ne devas rezigni!" krias Kapitano Fischer, dum li svingas sian glavon.

La entrudiĝintoj estas armitaj barbariaj korsaroj. Ili rapide superfortas la hamburgan skipon. "Demetu la armilojn, aŭ vi ĉiuj mortos!" krias unu el la korsaroj. Malvolonte, la viroj rezignas. Ili estas ligitaj kaj transportitaj sur la fremdan ŝipon.

"Kio nun okazos al ni?" flustras Hans, dum ili estas metitaj en ĉenojn. "Ni devas resti fortaj," respondas Heinrich. "Kio ajn okazos, ni ne rajtas perdi la esperon."

Kaj tiel komenciĝas la nevola vojaĝo de la hamburga skipo al nekonata kaj terura destino.

- Alarmo - Alarm
- Ĉenoj - Chains
- Entrudiĝintoj - Intruders
- Ferdeko - Deck
- Fiere - Proudly
- Kolizio - Collision
- Kovru - Cover
- Lorneto - Spyglass
- Observanto - Lookout
- Proksimiĝas - Approaches
- Rezigni - Surrender
- Spicojn - Spices
- Strikta - Strict
- Transportitaj - Transported

La Kaptado

La hamburgaj maristoj estas superfortitaj kaj katenitaj. "Kion ni faru?" flustras Hans malespere al Heinrich. "Ni devas resti unuiĝintaj," respondas Heinrich. La korsaroj serĉas valorajn aĵojn en la ŝipo. "Ili prenas ĉion, kion ni havas," diras Johann malĝoje.

Kapitano Fischer provas rezisti, sed li estas batita kaj senkonsciigita. "Kapitano!" krias Heinrich, sed estas tro malfrue. La skipo estas enŝlosita sub ferdeko. "Ni devas eliri ĉi tien," diras Johann kaj skuas la katenojn.

La hamburga ŝipo estas rabita kaj ekbruligita. "Nia ŝipo! Ĉio estas perdita," murmuras Hans. La korsaroj kondukas siajn kaptitojn sur sian propran ŝipon. "Antaŭen, rapide!" krias unu el la korsaroj kaj puŝas la virojn antaŭ si.

La viroj estas malesperaj kaj timigitaj. "Kio okazos al ni?" demandas Johann mallaŭte. "Mi ne scias," respondas Heinrich, "sed ni ne rajtas perdi la esperon." Ili ne scias, kio okazos al ili.

La vojaĝo suden komenciĝas. La kaptitoj apenaŭ ricevas akvon kaj panon. "Mi tiom soifas," plendas Hans. "Ni devas resti fortaj," diras Heinrich kaj dividas sian pecon da pano kun li. Iuj viroj malsaniĝas pro la malbonaj kondiĉoj. "Mi sentas min tiel malforta," flustras Johann.

La korsaroj estas kruelaj kaj ofte batas la kaptitojn. "Kial ili faras tion?" demandas Hans kun larmoj en la okuloj. "Ĉar ili vidas nin kiel malpli ol homoj," respondas Heinrich amare. La noktoj estas malvarmaj kaj la tagoj neelteneble varmaj. "Mi ne plu povas elteni ĉi tiun varmegon," diras Johann.

La viroj sopiras sian hejmon. "Mi sopiras mian familion," diras Hans malĝoje. "Ni revidos ilin," provas Heinrich lin konsoli. Post multaj tagoj, ili atingas la marbordon de Nordafriko. "Ni estas tiel malproksime de hejmo," diras Johann.

"Ni devas resti fortaj," ripetas Heinrich. "Kio ajn okazos, ni ne rajtas rezigni." Kaj tiel komenciĝas nova, malfacila ĉapitro en la vivoj de la hamburgaj maristoj.

- Apenaŭ - Barely
- Batita - Beaten
- Dividas - Shares
- Enŝlosita - Locked up
- Esperon - Hope
- Katenitaj - Chained
- Konsoli - Console
- Kruelaj - Cruel
- Malesperaj - Desperate

- Malforta - Weak
- Malsaniĝas - Fall ill
- Rabita - Plundered
- Sopiras - Long for
- Sub ferdeko - Below deck
- Valorajn - Valuable

Alveno en Nordafriko

La kaptitoj estas elpelitaj el la ŝipo. "Rapide, moviĝu!" krias unu el la korsaroj. Heinrich faletas sur la malegalan ferdekon, dum Johann helpas lin leviĝi. Ili estas katenitaj kaj kondukitaj al la merkato. "Kion ili faros al ni?" demandas Hans maltrankvile. "Mi ne scias," respondas Heinrich, "sed ni devas resti fortaj."

La viroj vidas la ekzotikajn kaj strangajn konstruaĵojn. "Mi neniam vidis ion similan," murmuras Johann. La aero estas plenigita de nekonataj odoroj kaj bruoj. "Ĝi odoras kiel spicoj kaj fumo," diras Hans.

Sur la sklava merkato ili estas ekzamenitaj kaj taksitaj. "Ili traktas nin kiel brutojn," diras Heinrich kolere. Komercisto aĉetas la tutan skipon. "Sekvu min!" ordonas la komercisto kaj tiras la katenojn.

La viroj estas kondukitaj en malsamajn direktojn. "Restu forta, Johann," krias Heinrich, dum ili estas disigitaj. Kelkaj estas senditaj al plantejoj, aliaj al minoj. "Ni revidos unu la alian," promesas Johann.

Kapitano Fischer kaj kelkaj el liaj viroj fariĝas remistoj. "Remistoj?" demandas Hans. "Jes," respondas Kapitano Fischer malgaje, "la vivo de remisto estas brutala kaj malmola." Ili devas remi tage kaj nokte, ofte sen paŭzo. "Mi ne plu povas," ĝemas Hans post horoj da remado.

La inspektistoj estas senkompataj kaj batas ĉe la plej eta eraro. "Remu pli rapide!" krias inspektisto kaj svingas sian vipon. La varmego estas sufoka kaj la aero ŝtopita. "Mi apenaŭ povas spiri," spiras Heinrich.

Multaj viroj mortas pro elĉerpiĝo kaj malsanoj. "Hans mortis ĉi-matene," flustras Johann. La postvivantoj perdas ĉian esperon pri libereco. "Ĉu tio iam finiĝos?" demandas Heinrich malespere. "Mi ne scias," respondas Kapitano Fischer, "sed ni devas iel daŭrigi."

La vivo de la hamburgaj maristoj ŝanĝiĝis por ĉiam. En ĉi tiu nova, kruela mondo ili batalas ĉiutage por pluvivi, esperante, ke iun tagon iu venos por savi ilin.

- Aĉetas - Buys
- Batalas - Fight
- Brutala - Brutal
- Disigitaj - Separated
- Ekzamenitaj - Examined
- Elĉerpiĝo - Exhaustion
- Elpelitaj - Driven out
- Inspektistoj - Inspectors
- Kaptitoj - Captives
- Kondukitaj - Led
- Malegala - Uneven
- Malgaje - Sadly
- Merkato - Market
- Odoroj - Scents
- Remistoj - Rowers

La Ĉiutaga Vivo kiel Sklavo

La ĉiutaga rutino estas ĉiam sama kaj monotona. Frue matene, la sklavoj estas vekitaj kaj devigitaj remi. "Leviĝu! Moviĝu rapide!" krias inspektisto. La viroj faletas laciĝintaj al siaj lokoj. La manĝoj konsistas el maldika supo kaj malnova pano. "Ĉu tio estu manĝo?" murmuras Heinrich, kiam li rigardas sian bovlon.

Pauzoj estas maloftaj kaj tre mallongaj. "Ni apenaŭ havas tempon por ripozi," plendas Johann. La dorsoj de la sklavoj estas markitaj de la batoj de la vipo. "Ĝi tiom doloras," diras Hans kaj montras siajn vundojn al Heinrich. Kelkaj viroj provas eskapi, sed estas kaptitaj kaj severe punataj. "Ĉu vi aŭdis pri Karl? Li provis eskapi," rakontas Johann. "Jes, ili kaptis lin," respondas Heinrich malĝoje.

La sklava ŝipo estas malnova kaj likema, akvo ofte eniras. "Ni devas konstante elverŝi akvon," diras Hans. La viroj dormas sub ferdeko sur malmolaj lignaj tabuloj. "Mia dorso tiom doloras," plendas Johann. Malsanoj rapide disvastiĝas en la streĉaj kondiĉoj. "La aero ĉi tie malsupre estas venena," murmuras Heinrich.

La inspektistoj ne havas kompaton kaj ne montras ajnan simpation. "Ili traktas nin kiel bestojn," diras Hans amare. La sklavoj revas pri siaj familioj kaj hejmoj. "Mi pensas ĉiun nokton pri mia edzino kaj infanoj," flustras Johann. Kelkaj sklavoj sekrete amikiĝas kaj subtenas unu la alian. "Ni devas resti unuiĝintaj," diras Heinrich kaj metas sian manon sur la ŝultron de Johann.

Kantado de kantoj memorigas ilin pri pli bonaj tempoj. "Kantu kun mi, Heinrich," petas Hans. Malgraŭ ĉiuj malfacilaĵoj, kelkaj konservas fajreron de espero. "Ni travivos ĉi tion," diras Johann decide. La vivo estas konstanta batalo por supervivo. "Ĉiu tago estas nova batalo," murmuras Heinrich, dum li daŭre remas.

Kaj tiel daŭras la vivo de la hamburga skipo kiel sklavoj, tagon post tago, esperante, ke iun tagon iu venos por savi ilin.

- Amikiĝas - Befriend
- Apenaŭ - Hardly
- Batalo - Struggle
- Bovlo - Bowl
- Doroj - Back
- Elverŝi - Bail out
- Fajrero - Spark
- Laciĝintaj - Weary
- Likema - Leaky
- Monotona - Monotonous
- Murmuras - Murmur
- Paŭzoj - Breaks

- Simpation - Sympathy
- Strecaj - Strenuous
- Veki - Wake up

Eta Espero

Unu tagon nova ŝipo alvenas en la havenon. "Rigardu, fremda ŝipo," diras Johann scivoleme. Oni onidiras, ke ĉi tiu ŝipo havas mision de savo. "Ĉu vi aŭdis? Eble ili venas por liberigi nin," flustras Hans espere.

Fremda sendito parolas kun la lokaj regantoj. "Kiu estas tiu viro?" demandas Heinrich. "Neniu ideo, sed li ŝajnas grava," respondas Johann. La onidiroj rapide disvastiĝas inter la sklavoj. "Eble nia tempo de liberiĝo alvenis," diras Hans kun brilantaj okuloj.

Kapitano Fischer trovas novan kuraĝon. "Ni ne rajtas perdi la esperon," diras li decide al siaj viroj. La inspektistoj fariĝas nervozaj kaj plifortigas la sekurecajn aranĝojn. "Ili timas, ke ni fuĝos," rimarkas Heinrich.

La viroj esperas je baldaŭa liberiĝo. "Estus miraklo, se ni finfine liberiĝus," diras Johann reveme. La sendito inspektas la sklavajn ŝipojn kaj parolas kun la kapitanoj. "Li venas ankaŭ al ni," diras Hans ekscitite.

Okazas intertraktadoj pri la aĉeto de sklavoj. "Eble ili aĉetos nian liberecon," esperas Heinrich. Iuj sklavoj estas efektive liberigitaj kaj kondukitaj sur la fremdan ŝipon. "Rigardu, ili lasas iujn foriri!" krias Johann.

La restintaj viroj estas plenaj de envio kaj espero samtempe. "Kial ne ni?" demandas Hans seniluziigite. "Nia tempo venos," diras Kapitano Fischer trankvilige. Kapitano Fischer kaj liaj viroj preĝas por sia savo. "Dio, bonvolu helpi nin," flustras Heinrich.

La fremda misio promesas reveni. "Ni revenos," diras la sendito. Tio donas al la sklavoj novan volon vivi. "Ni devas elteni," diras Johann. Ili decidas elteni, malgraŭ kiom malfacile ĝi fariĝos. "Kune ni sukcesos," diras Heinrich decide.

Kaj tiel la viroj plu vivas en la espero, ke ilia savo baldaŭ venos. Iliaj koroj estas plenaj de espero, kaj ilia determino pluvivi estas pli forta ol iam ajn.

- Aĉeto - Purchase
- Alvenas - Arrives
- Aranĝoj - Arrangements
- Decide - Decisively
- Ekscitite - Excitedly
- Elteni - Endure
- Envio - Envy
- Intertraktadoj - Negotiations
- Libereco - Freedom
- Liberiĝo - Liberation
- Miraklo - Miracle
- Misi - Mission
- Onidiroj - Rumors
- Preĝas - Pray
- Restintaj - Remaining

Malsukcesa Fuĝprovo

Kelkaj sklavoj planas fuĝon pro malespero. "Ni devas eliri ĉi tie antaŭ ol ni ĉiuj mortos," flustras Johann al Heinrich. Ili forĝas planon por superi la inspektistojn. "Ni bezonas bonan distrumanovron," diras Heinrich penseme.

La nokto de la fuĝo alvenis. "Estu silentaj kaj sekvu min," flustras Heinrich. La viroj provas moviĝi silente kaj ne esti malkovritaj. "Ne faletu," admonas Hans, kiu iras malantaŭ Johann.

Unu el la viroj paŝas sur malfiksan tabulon kaj faras bruon. "Damninde!" flustras Johann terurite. La inspektistoj estas alarmitaj kaj intervenas. "Kion vi faras tie?" krias unu el la inspektistoj kaj kuras al ili.

Forta batalo ekas. "Ni ne rajtas rezigni!" krias Heinrich kaj frapas inspektiston. Kelkaj sklavoj sukcesas salti transborden. "Saltu en la akvon, rapide!" krias Hans.

Tamen, la plejmulto estas kaptita kaj revenigita. "Ne, lasu min!" krias Johann, kiam li estas kaptita. La kaptitaj fuĝantoj estas kruele punataj. "Tio estos leciono por vi," diras la estro de la inspektistoj malvarme.

Kapitano Fischer estas unu el la kaptitoj kaj estas grave vundita. "Kapitano! Ne!" krias Heinrich malespere. La ceteraj sklavoj devas spekti kaj ne povas fari ion ajn. "Ni ne povas fari ion ajn," murmuras Hans kun larmoj en la okuloj.

La puno estas celita kiel averto por ĉiuj aliaj. "Kiu ajn denove provos fuĝi, pentos," minacas la estro. La espero pri sukcesa fuĝo malaperas. "Mi kredas, ke ni neniam eliros ĉi tie," diras Johann rezignacie.

La viroj estas demoralizitaj kaj rompitaj. "Kiel ni plu eltenu ĉi tion?" demandas Hans mallaŭte. "Ni devas elteni, kio ajn okazos," diras Heinrich, kvankam ankaŭ li apenaŭ plu esperas. La sklavoj estas kaptitaj en ciklo de malespero kaj perforto, kaj iliaj revoj pri libereco ŝajnas pli foraj ol iam ajn.

- Admonas - Admonish
- Alarmitaj - Alarmed
- Averto - Warning
- Demoralizitaj - Demoralized
- Distrumanovro - Distraction maneuver
- Elteni - Endure
- Forĝas - Forge
- Grave - Seriously
- Intervenas - Intervene
- Leciono - Lesson
- Malespero - Despair
- Minacas - Threaten
- Murkuras - Murmur

- Paŝas - Step
- Transborden - Overboard

La Lasta Espero

Semajnoj pasas, kaj la kondiĉoj fariĝas ĉiam pli malbonaj. "Mi ne scias, kiom longe ni ankoraŭ eltenos ĉi tion," murmuras Johann elĉerpita. La sklavoj denove aŭdas pri ebla liberiĝo. "Ĉu vi aŭdis la novaĵojn?" demandas Hans ekscitite. "Kristana misiisto supozeble venos."

Kristana misiisto vizitas la tendaron. "Dio ne forgesis nin," diras Heinrich esperplene. Li alportas novaĵojn pri intertraktoj por la liberiĝo de la sklavoj. "Estas intertraktoj kun la regantoj," klarigas la misiisto. "Restu fortaj."

La misiisto parolas kun la sklavoj kaj kuraĝigas ilin. "Havu fidon, via libereco estas proksima," diras li kun kompato. La viroj trovas novan kuraĝon kaj esperon. "Eble nia tempo finfine alvenis," diras Johann kun larmoj en la okuloj.

La intertraktoj daŭras dum semajnoj. "Kiam ili decidios?" demandas Hans senpacience. Fine, oni atingas interkonsenton. "Estas tempo," diras la misiisto. "Kelkaj el vi estos liberigitaj."

Kapitano Fischer kaj tri el liaj viroj estas elektitaj por esti liberigitaj. "Mi apenaŭ povas kredi tion," diras Heinrich. La sklavoj apenaŭ povas kredi tion. "Ĉu tio vere estas vera?" demandas Johann nekredeble.

Ili estas alportitaj sur ŝipon, kiu velos al Eŭropo. "Ni iras hejmen," diras Hans kaj brakumas siajn amikojn. La adiaŭo de la restintaj kamaradoj estas dolora. "Ni neniam forgesos vin," diras Heinrich.

Sur la ŝipo, la viroj estas bone traktataj. "Fine, ni estas traktataj homame," diras Johann kun senpeziĝo. La revenvojaĝo estas longa, sed la espero tenas ilin fortaj. "Ĉiu tago alproksimigas nin hejmen," diras Hans.

Unu tagon, ili vidas la marbordon de sia hejmlando. "Jen ĝi estas! Germanio!" krias Heinrich. "Ni finfine estas hejme." La viroj estas superfortitaj de ĝojo kaj dankemo. "Ni sukcesis," diras Kapitano Fischer. "Ni estas liberaj."

- Alportas - Brings
- Brakumas - Embrace
- Decidios - Decide
- Elĉerpita - Exhausted
- Esperplene - Hopefully
- Fid - Faith
- Interkonsenton - Agreement
- Intertraktoj - Negotiations
- Kompato - Compassion
- Kristana - Christian
- Liberigitaj - Freed
- Misiisto - Missionary
- Senpacience - Impatiently
- Senpeziĝo - Relief
- Supozeble - Supposedly

La Reveno Hejmen

La ŝipo alvenas en la havenon de Hamburgo. "Ni finfine estas ĉi tie," diras Heinrich kun senpeziĝo. Kapitano Fischer kaj liaj viroj estas ĝoje akceptitaj. "Bonvenon hejmen!" krias la homoj ĉe la haveno.

La familioj de la viroj estas ekstaze feliĉaj revidi ilin. "Paĉjo!" krias la eta filo de Johann kaj kuras al li. Multaj ĝojaj larmoj estas verŝitaj. "Mi pensis, ke mi neniam revidos vin," diras la edzino de Heinrich tra larmoj.

La viroj rakontas siajn terurajn spertojn. "Ĝi estis infero sur tero," diras Hans, dum li rakontas al sia familio pri la suferoj. La urbo Hamburgo partoprenas ilian sorton. "Ni devas helpi ĉi tiujn virojn," diras la urbestro.

Estas oficialaj akceptoj kaj dankesprimoj. "Vi estas herooj," diras urba konsilisto dum akcepto. La viroj devas malrapide reĝustigi sin al la normala vivo. "Ĉio ŝajnas tiel fremda," murmuras Johann.

Iuj havas sanproblemojn pro la torturoj. "Mia dorso ankoraŭ doloras," plendas Hans. La komunumo subtenas ilin kiel eble plej bone. "Ni estas ĉi tie por vi," diras najbaro al Heinrich.

Kapitano Fischer planas neniam plu iri al maro. "Mi vidis sufiĉe," diras li firme decidita. La viroj ĵuras, ke ili neniam forgesos unu la alian. "Ni trapasis bonan kaj malbonan," diras Johann. "Tio ligas nin por ĉiam."

Kelkaj decidas verki pri siaj spertoj. "La mondo devas koni nian historion," diras Heinrich. La rakonto pri ilia kaptiteco fariĝas parto de la historio de Hamburgo. "Niaj posteuloj devas scii, kion ni travivis," diras Kapitano Fischer.

Malgraŭ ĉiuj suferoj, ili postvivis kaj revenis. "Ni estas denove hejme," diras Hans. "Kaj tio estas ĉio, kio gravas." La viroj rigardas al la estonteco, dankemaj pro sia libereco kaj deciditaj fari la plej bonon el sia dua vivo.

- Akcepto - Reception
- Dankesprimoj - Gratitude expressions
- Ekstaze - Ecstatically
- Fremda - Strange
- Ĝojaj - Joyful
- Herooj - Heroes
- Historio - History
- Infero - Hell
- Komunumo - Community
- Partoprenas - Participate
- Rakontas - Tell
- Reĝustigi - Readjust
- Senpeziĝo - Relief
- Spertoj - Experiences

- Suferoj - Sufferings

La Versklavigo de Eŭropanoj en la Islama Mondo

De 700 p.K. ĝis la fino de la 19-a jarcento, milionoj da eŭropanoj estis versklavigitaj en la islama mondo. Tiu ĉi versklavigo estis parto de la granda sklavkomerco en Nordafriko, en la Otomana Imperio, en la Krimea Ĥanlando, kaj en la mezaziaj islamaj regnoj.

La Sklavkomerco en Nordafriko

En Nordafriko, la Barbariaj Korsaroj ludis gravan rolon en la sklavkomerco. Tiuj piratoj operaciis laŭ la marbordo de Mediteraneo kaj kaptis eŭropajn ŝipojn. Ili kaptis la skipon kaj pasaĝerojn, kaj kondukis ilin al Nordafriko. Tie, ili estis venditaj sur sklavmerkatoj en urboj kiel Alĝero, Tunizo kaj Tripolo. La kaptitoj devis labori kiel domservistoj, laboristoj aŭ remistoj sur ŝipoj. Multaj mortis pro la severaj kondiĉoj kaj malbona traktado.

La Barbariaj Korsaroj tamen ne nur atakis ŝipojn. Ili ankaŭ atakis urbojn kaj vilaĝojn laŭ la eŭropaj marbordoj. En Italio, Hispanio, Francio kaj eĉ en pli malproksimaj landoj kiel Britio, Irlando, Skandinavio kaj Islando, ili efektivigis rabatakojn. Ili penetris en tiujn lokojn, prirabis domojn kaj kaptis la loĝantojn. Foje tuta komunumo estis forrabita kaj transportita al sklaveco.

La Krimea Ĥanlando

La Krimea Ĥanlando, islama tatara regno, estis alia grava ludanto en la sklavkomerco. La Krimea Tataroj ofte faris rabatakojn en Orienta Eŭropo, precipe en Rusio, Pollando kaj Ukrainio. Dum tiuj atakoj, ili kaptis multajn homojn kaj kondukis ilin al Krimeo. Tie, ili estis venditaj kiel sklavoj aŭ plupasigitaj al la Otomana Imperio. La forrabitaj eŭropanoj devis labori kiel kamplaboristoj aŭ en domanaroj. Ofte ili ankaŭ estis uzataj kiel soldatoj aŭ en la minado.

La Otomana Imperio

La Otomana Imperio estis unu el la plej potencaj imperioj de sia tempo kaj ankaŭ partoprenis en la sklavkomerco. La Otomanoj militis multajn fojojn en Eŭropo kaj kaptis multajn homojn kiel kaptitojn. Tiuj kaptitoj estis venditaj kiel sklavoj. Precipe fama estas la Janicaroj, elitunuo de la otomana armeo. Tiuj soldatoj estis kaptitaj kiel infanoj el kristanaj familioj kaj devige konvertitaj al Islamo. Ili ricevis militistan edukadon kaj servis la Sultanon kiel fidelaj soldatoj.

La Mezaziaj Islamaj Regnoj

En Mezazio ekzistis pluraj islamaj regnoj, kiuj ankaŭ versklavigis eŭropanojn. Tiuj regnoj efektivigis rabatakojn en la orientajn kaj sudajn partojn de Eŭropo. La kaptitaj eŭropanoj estis kondukitaj al Mezazio kaj tie venditaj kiel sklavoj. Multaj el ili devis labori en la agrikulturo aŭ metiisteco. La kondiĉoj ofte estis tre severaj, kaj multaj sklavoj mortis pro elĉerpiĝo aŭ malsano.

Sklavaj Rabatakoj en Eŭropo

La sklavaj rabatakoj de la Barbariaj Korsaroj estis precipe detruaj por la marbordaj regionoj de Eŭropo. Urboj kaj vilaĝoj laŭ la italaj, hispanaj kaj francaj marbordoj vivis en konstanta timo de atakoj. Piratoj ofte surteriĝis nokte kaj surprizis la dormantajn loĝantojn. Tutaj familioj estis forigitaj el siaj litoj kaj devigitaj sur sklavajn ŝipojn. Tiuj atakoj atingis ĝis Britio kaj Irlando, kie ankaŭ pli malgrandaj marbordaj urboj kaj fiŝkaptistaj vilaĝoj estis atakitaj.

Fama ekzemplo estas la atako kontraŭ Baltimore en Irlando en 1631. La piratoj kaptis preskaŭ ĉiujn loĝantojn de la vilaĝo, sume ĉirkaŭ 100 homojn, kaj transportis ilin al Nordafriko por sklavigi ilin. Ankaŭ la marbordaj regionoj de Skandinavio ne estis esceptitaj. En 1627, Barbariaj Korsaroj atakis Islandon kaj forrabis pli ol 400 homojn.

La Fino de la Versklavigo

Nur en la frua 19-a jarcento la nombro de versklavigitaj eŭropanoj komencis malpliiĝi. Tio okazis pro politikaj ŝanĝoj kaj kreskanta premo de eŭropaj potencoj por fini la sklavecon. Britio kaj aliaj eŭropaj landoj efektivigis militajn agojn kontraŭ la Barbariaj Korsaroj kaj trudis traktatojn por halti la sklavkomercon. Ankaŭ la Otomana Imperio kaj aliaj islamaj regnoj komencis, sub premo de la britoj kaj aliaj eŭropaj potencoj, abolicii la sklavecon.

En Saud-Arabio, la sklaveco estis aboliciita nur en 1962. Tiutempe tie ankoraŭ estis ĉirkaŭ 300,000 sklavoj, ĉefe el Afriko.

Konkludo

La versklavigo de eŭropanoj en la islama mondo estis malhela ĉapitro de la historio. Milionoj da homoj estis forrabitaj el siaj hejmlandoj kaj tenitaj kiel sklavoj sub teruraj kondiĉoj. Iliaj rakontoj memorigas nin pri la graveco de libereco kaj homaj rajtoj. Hodiaŭ nia tasko estas certigi, ke tiaj kruelecoj neniam plu okazu.

- Abolicii - Abolish
- Agrikulturo - Agriculture
- Atingis - Reached
- Brutala - Brutal
- Devige - Forcibly
- Elitunuo - Elite unit
- Efektivigis - Carried out
- Intertraktoj - Negotiations
- Konstantan - Constant
- Metiisteco - Craftsmanship
- Partoprenis - Participated
- Penetris - Penetrated
- Plupasigitaj - Passed on
- Severaj - Harsh
- Subtenitaj - Supported

Leonardo's Fluga Aventuro

La Malkovro

Leonardo da Vinci laboras en sia ateliero en Florenco. La laborejo estas plena de iloj, skizoj kaj modeloj. Li estas profunda en sia laboro pri nova inventaĵo.

"Mastro Leonardo, kion vi konstruas?" demandas Francesco, unu el liaj scivolemaj asistantoj.

Leonardo levas la kapon kaj ridetas. "Mi dezajnas flugmaŝinon, Francesco. Ĝi havos flugilojn kiel birdo."

"Flugmaŝino?" krias Giulio, alia asistanto, miregite. "Tio sonas nekredeble! Ĉu io tia vere povas flugi?"

Leonardo kapjesas. "Jes, Giulio. Eblas. Sed ĝi postulas multe da pacienco kaj laboro."

La asistantoj estas scivolemaj kaj ekscititaj. "Kiel ĝi funkcias, Mastro?" demandas Francesco.

Leonardo montras la flugilojn. "Ĉu vi vidas ĉi tiujn flugilojn? Ili estas kiel la flugiloj de birdo. Ili moviĝos kaj leviĝos nin en la aeron."

"Ni devus provi ĝin!" diras Giulio entuziasme.

Leonardo kapjesas. "Jes, tion ni faros. Sed unue ni devas certigi, ke ĉio estas perfekta."

Ili testas la modelon en ventotunelo. Leonardo atente observas, kiel la vento fluas super la flugiloj. La unuaj provoj estas malsukcesaj. "La modelo ne flugas," rimarkas Francesco seniluziigita.

Leonardo restas trankvila. "Ĝi estas nur komenco. Ni devas plibonigi la dezajnon." Li ne rezignas kaj laboras tage kaj nokte pri la maŝino.

Unu tagon, post multaj ŝanĝoj kaj testoj, la modelo vere flugas. "Ĝi flugas! Mastro Leonardo, ĝi flugas!" krias Giulio entuziasme.

La asistantoj ĝojas kaj festas la sukceson. "Tio estas nekredebla, Mastro!" diras Francesco kaj aplaŭdas.

Leonardo ridetas kontente. "Tio estas nur la komenco. Nun ni konstruos pli grandan version."

"Kie ni faru tion?" demandas Giulio.

"Ni serĉos taŭgan lokon ekster la urbo," klarigas Leonardo. "Tie ni havos sufiĉe da spaco."

La laborejo estas plena de iloj kaj materialoj. Leonardo laboras tage kaj nokte pri la maŝino. La asistantoj helpas lin kunmeti la partojn kaj testi ĉion. Post monatoj, la flugmaŝino estas finfine preta.

"Ĝi estas belega," diras Francesco kun respektego.

Leonardo kapjesas. "Jes, tio ĝi estas. Kaj nun ni estas pretaj por nia unua granda aventuro."

- Aplaŭdas - Applauds
- Asistantoj - Assistants
- Ateliero - Workshop
- Flugmaŝino - Flying machine
- Flugiloj - Wings
- Miregite - Amazed
- Modeloj - Models
- Nekredeble - Incredibly
- Pacienco - Patience
- Perfekta - Perfect
- Provoj - Attempts
- Respektego - Great respect
- Senkuraĝiĝo - Disappointment
- Taŭgan - Suitable
- Ventotunelo - Wind tunnel

La Preparado

Leonardo planas sekretan testflugon. "Ni ne rajtas diri tion al iu ajn," li diras al siaj asistantoj. "Ĝi devas esti sekreta testo."

Li elektas izolitan lokon en la montetoj. "Ĉi tiu loko estas perfekta," diras Leonardo, kiam ili atingas la lokon. "Ĉi tie ni povas labori sen ĝenoj."

La asistantoj helpas transporti la maŝinon tien. "Estu zorgemaj," avertas Leonardo. "La maŝino estas tre delikata."

Estas trankvila kaj klara nokto. La luno brilas hele kaj lumigas la montetojn. "Ĝi estas la perfekta nokto por nia testo," diras Giulio entuziasme.

Leonardo kontrolas ĉiujn partojn de la maŝino. "Ĉio devas esti perfekta," li murmuras, dum li inspektas la flugilojn kaj la ĉasion.

Li klarigas al siaj asistantoj la sekurecajn mezurojn. "Se io miskompreniĝas, vi devas tuj interveni," li avertas. "Estu ĉiam pretaj."

Ili starigas torĉojn por lumigi la startvojon. "Ni bezonas sufiĉe da lumo por vidi ĉion," diras Francesco, dum li enmetas torĉon en la grundon.

Leonardo surmetas specialan flugkostumon. "Ĉi tiu kostumo protektos min, se ni kraŝos," li klarigas al siaj asistantoj.

La streĉo kreskas, kiam la starto alproksimiĝas. "Mi estas tiel nervoza," konfesas Giulio. "Ĉio iros bone," trankviligas lin Leonardo. "Ni laboregis."

La asistantoj preĝas por sukcesa flugo. "Ke la ĉielo nin protektu," murmuras Francesco mallaŭte.

Leonardo eniras la maŝinon. "Estu pretaj," li diras kaj sidiĝas en la seĝon. Li kontrolas la stiradon lastfoje. "Ĉio aspektas bone," li murmuras.

Kun profunda spiro, li donas la startosignalon. "Nun aŭ neniam," li flustras. La asistantoj liberigas la bremsilojn. "Ek!" krias Giulio.

La maŝino ruliĝas laŭ la startvojo kaj leviĝas. "Ni flugas!" krias Leonardo ĝoje. La asistantoj ĝojas kaj admiras la noktĉielon, kie Leonardo malaperas en sia flugmaŝino.

- Avertas - Warns
- Ĉasio - Chassis
- Delikata - Delicate
- Ek - Go
- Enmetas - Inserts
- Flugkostumo - Flight suit
- Interveni - Intervene
- Izolita - Isolated
- Lumigas - Illuminates
- Mezurojn - Measures
- Miskompreniĝas - Goes wrong
- Preĝas - Pray
- Sekurecajn - Safety
- Startvojo - Runway
- Streĉo - Tension

La Unua Flugo

Leonardo flugas super la montetoj de Florenco. La urbo kuŝas kviete sub li, prilumita de la milda lumo de la luno. "Ĝi estas belega," li murmuras al si mem.

La maŝino glitas trankvile tra la aero. La flugiloj moviĝas egale, kaj ĉio ŝajnas perfekte funkcii. "Mi apenaŭ povas kredi, ĝi vere funkcias," pensas Leonardo.

La asistantoj jubilas kaj svingas de la tero. "Rigardu, li flugas!" krias Giulio entuziasme. "Majstro Leonardo sukcesis!"

Leonardo sentas sin libera kiel birdo. "Tiel devas sentiĝi, esti birdo," li diras kaj ridas pro ĝojo. Li regas la maŝinon kun facileco. Ĉiu movo de liaj manoj sur la leviloj estas precize efektivigita.

La vento portas lin plu en la ĉielon. "Mi povus flugi tiel eterne," pensas Leonardo feliĉe. Subite aperas problemo. La maŝino komencas skueti. "Kio estas tio?" demandas Leonardo zorgoplene.

La maŝino perdas alton. Leonardo restas trankvila kaj analizas la situacion. "Mi devas eltrovi, kio okazas," li murmuras. Li malkovras problemon kun flugilo. "La dekstra flugilo ne moviĝas ĝuste," li konstatas.

Leonardo provas stabiligi la maŝinon. "Venu, nur iom pli," li diras kaj laboras koncentrite pri la kontroloj. Kun granda lerteco, li sukcesas regajni la kontrolon. "Mi sukcesis!" li krias kunsento.

Li decidas surteriĝi. "Estas pli bone surteriĝi nun kaj ripari la problemon," li pensas. La asistantoj preparas la surteriĝejon. "Estu pretaj, li revenas!" krias Francesco.

Leonardo surteriĝas sekure kaj estas festata. "Bravo, Majstro! Tio estis nekredebla!" krias Giulio, kiam Leonardo eliras el la maŝino. "Dankon, miaj amikoj," respondas Leonardo ridetante. "Tio estis nur la komenco. Ni havas ankoraŭ multe por fari, sed hodiaŭ ni faris historion."

- Analizas - Analyzes
- Asistantoj - Assistants
- Efektivigita - Executed
- Eltrovi - Find out
- Festi - Celebrate
- Glitas - Glides
- Jubilas - Rejoice
- Koncentrite - Concentrated
- Konstatas - Determines
- Lerteco - Skill
- Leviloj - Levers
- Malkovras - Discovers
- Prilumita - Illuminated
- Skueti - Shudder
- Surteriĝi - Land

La Defioj

Post la unua sukcesa flugo, aperas novaj defioj. "Tio estis bona komenco, sed ni ankoraŭ havas multon por fari," diras Leonardo al siaj asistantoj.

Leonardo analizas la malfortojn de la maŝino. "Ni devas eltrovi, kial la dekstra flugilo malsukcesis," li klarigas. La asistantoj kapjesas kaj ekfaras la laboron.

Li disvolvas novajn plibonigojn. "Eble ni devus uzi pli malpezajn materialojn," proponas Leonardo. "Tio povus plialtigi la stabilecon."

La asistantoj helpas lin kun la realigo. "Mi trovis kelkajn novajn materialojn, majstro," diras Giulio kaj montras al Leonardo diversajn ŝtofojn. "Tre bone, ni testu ĉi tiujn," respondas Leonardo.

Estas multaj malsukcesoj kaj seniluziiĝoj. "Tio ne funkcias kiel atendite," murmuras Francesco, kiam alia testo malsukcesas. Leonardo restas optimisma kaj decidema. "Ni sukcesos, ni nur devas daŭrigi la laboron," li diras kuraĝige.

Li trovas novajn materialojn por la flugiloj. "Ĉi tiuj ŝtofoj estas multe pli malpezaj kaj fortaj," li klarigas al siaj asistantoj. La maŝino fariĝas pli malpeza kaj stabila. "Mi jam vidas la diferencon," diras Giulio entuziasme.

Leonardo planas pli longan flugon. "La sekva flugo estos pli fora kaj pli alta," li anoncas. Li studas la vent- kaj veterkondiĉojn. "Ni devas trovi la perfektan tagon por la flugo," li diras kaj rigardas la ĉielon.

La asistantoj preparas ĉion por la nova flugo. "Ĉio devas esti preta," diras Francesco. "Ni ne povas lasi ion al hazardo."

Leonardo testas la maŝinon denove en la ventotunelo. "La plibonigoj montras pozitivajn rezultojn," li diras kontente. La flugiloj moviĝas egale, kaj la maŝino restas stabila.

La preparoj por la sekva flugo estas en plena svingo. "Ĉu la torĉoj estas pretaj?" demandas Giulio. "Jes, ĉio estas preta," respondas Francesco.

Leonardo estas preta por la sekva aventuro. "Ĉi-foje estos ankoraŭ pli bone," li diras al siaj asistantoj. "Ni estas pretaj." Ili ĉiuj rigardas antaŭen kun ekscito kaj esperas pri alia sukcesa flugo.

- Aperas - Appear
- Disvolvas - Develop
- Ekscito - Excitement
- Esperas - Hope
- Klarigas - Explain
- Malfortoj - Weaknesses
- Materialojn - Materials
- Malsukcesoj - Failures
- Murmuras - Murmur
- Optimisma - Optimistic
- Plibonigojn - Improvements
- Realigo - Implementation
- Senkuraĝiĝoj - Disappointments
- Stabilecon - Stability
- Ventotunelo - Wind tunnel

La Longa Flugo

Leonardo ekas por pli longa flugo super Florenco. La suno ĵus leviĝas kaj trempigas la urbon en ora lumo. "Ĝi estas la perfekta mateno por flugo," diras Leonardo kaj ridetas.

Li flugas super la tegmentoj de la urbo. La kupoloj kaj turoj de Florenco aspektas elstare de supre. "Mi neniam vidis mian hejmurbon tiel," murmuras Leonardo fascinita.

La civitanoj de Florenco rigardas supren miregante. "Rigardu! Iu flugas!" krias knabo kaj montras al la ĉielo. La homoj kolektiĝas sur la stratoj kaj rigardas en la aeron.

Leonardo salutas la homojn de sia maŝino. Li svingas kaj ridetas al la mirigitaj civitanoj. "Estas Leonardo!" ili krias. "Li vere flugas!"

Li ĝuas la vidon de la urbo kaj la ĉirkaŭaĵo. La verdaj montetoj kaj la briletanta akvo de la rivero Arno estas mirinda vidaĵo. "Tio estas libereco," pensas Leonardo feliĉe.

Subite, li vidas fumon en la distanco. "Kio estas tio?" li demandas sin kaj direktas la maŝinon pli proksimen. Domo estas en flamoj. "Tio estas kriz-okazo!" li tuj ekkomprenas.

Leonardo decidas helpi. "Mi ne povas simple rigardi," li murmuras decideme. Li direktas la maŝinon al la fajro. "Mi esperas, ke mi povas fari ion," li pensas.

La homoj sur la tero estas surprizitaj kaj trankviligitaj. "Rigardu, estas Leonardo!" krias viro. "Li venas por helpi!"

Leonardo surteriĝas proksime al la brulanta domo. "Rapide, ni devas estingi la fajron!" li krias al la homoj. Li kordinas la estingadon de supre. "Alportu akvon kaj sablon!" li ordonas.

La flamoj estas fine estingitaj. "Bone farite, homoj," diras Leonardo trankviligite. "La fajro estas ekstingita."

La loĝantoj dankas Leonardon pro lia helpo. "Dankon, Leonardo! Vi savis nin!" krias virino. "Ni estas tiel dankemaj," diras maljunulo.

Leonardo denove ekflugas kaj daŭrigas sian vojaĝon. "Estas ankoraŭ multe por malkovri," li pensas kaj flugas plu en la klaran ĉielon. La homoj svingas al li kaj parolas longe pri la tago, kiam Leonardo da Vinci helpis ilin el la ĉielo.

- Ĉirkaŭaĵo - Surroundings
- Civitanoj - Citizens
- Ekkomprenas - Realizes

- Estingi - Extinguish
- Fascinita - Fascinated
- Kolektiĝas - Gather
- Kordinas - Coordinates
- Krizo - Crisis
- Libereco - Freedom
- Malkovri - Discover
- Miregante - Amazed
- Ordonas - Orders
- Supre - Above
- Surteriĝas - Lands
- Trempigas - Drenches

La Malkovro

Dum sia flugo, Leonardo malkovras kaŝitan kavernon. "Kio estas tio?" li murmuras scivoleme kaj direktas la maŝinon pli proksimen. La kaverno situas en la montetoj ekster Florenco, bone kaŝita inter la rokoj kaj arboj.

Leonardo surteriĝas kaj esploras la kavernon. "Mi devas vidi, kio estas tie," li diras al si mem kaj eliras el la maŝino. Kun torĉo en la mano, li eniras la malluman kavernon.

En la kaverno, li trovas antikvajn manuskriptojn kaj artefaktojn. "Ĉi tiuj estas mirindaj trovaĵoj," murmuras Leonardo ekscitite. La manuskriptoj rakontas pri antikva civilizo. "Ĉi tiu civilizo devis esti tre progresinta," li pensas dum li malĉifras la signojn.

Leonardo estas fascinita kaj studas la manuskriptojn. "Ĉi tiu teknologio estas nekredebla," li diras kaj faras notojn. Li kunprenas kelkajn el la artefaktoj reen al Florenco. "Mi devas montri ĉi tiun malkovron al miaj asistantoj," li decidas.

La asistantoj estas miregigitaj pro lia malkovro. "Majstro, tio estas nekredebla!" krias Giulio. "Kie vi trovis tion?" demandas Francesco scivoleme. Leonardo rakontas al ili pri la kaverno kaj la antikvaj manuskriptoj.

Leonardo komencas esplori la historion de la antikva civilizo. "Ni devas eltrovi ĉion pri ĉi tiu kulturo," li diras decideme. Li trovas indikojn pri progresintaj teknologioj. "Ĉi tiuj inventoj estas tre antaŭ sia tempo," li rimarkas.

La malkovro inspiras lin al novaj inventoj. "Ĉi tiuj ideoj estas simple geniaj," diras Leonardo ekscitite. "Ni povas lerni tiom multe el ili." Leonardo planas ekspozicion de la artefaktoj. "La civitanoj de Florenco devas vidi tion," li klarigas.

La civitanoj de Florenco estas ravitaj. "Tio estas grandioza malkovro!" krias viro. "Leonardo estas geniulo," diras virino. La malkovro faras Leonardon ankoraŭ pli fama. "Liaj inventoj estas revoluciaj," diras la urbestro.

Leonardo daŭrigas siajn esplorojn kun nova energio. "Ni havas ankoraŭ tiom multe por malkovri," li diras al siaj asistantoj. "Ni daŭrigu la laboron." Kun nova motiviĝo kaj multaj novaj ideoj, Leonardo sin dediĉas al siaj projektoj kaj inventoj.

- Antikvajn - Ancient
- Artefaktoj - Artifacts
- Civilizo - Civilization
- Dediĉas - Dedicates
- Decideme - Determinedly
- Direktas - Directs
- Esploras - Explores
- Fascinita - Fascinated
- Kaŝita - Hidden
- Malĉifras - Deciphers
- Manuskriptoj - Manuscripts
- Motiviĝo - Motivation
- Progresinta - Advanced
- Ravita - Delighted
- Signoj - Signs

La Granda Aventuro

Leonardo ricevas inviton de fremda reĝo. "Majstro Leonardo, venis mesaĝisto," diras Giulio ekscitite. "Li alportas mesaĝon de reĝo!"

La reĝo aŭdis pri liaj inventoj. "Li deziras, ke vi vizitu lin kaj montru viajn inventojn," klarigas la mesaĝisto. Leonardo estas ravita. "Tio estas mirinda okazo," li diras.

Leonardo vojaĝas kun sia flugmaŝino al la fremda lando. "Ni devas bone prepariĝi," li diras al siaj asistantoj. "La vojaĝo estos longa kaj defia." La asistantoj helpas lin ŝarĝi la maŝinon.

La vojaĝo estas longa kaj plena de defioj. "La vento estas forta hodiaŭ," rimarkas Leonardo, dum li flugas super la maro. Survoje li renkontas sovaĝajn bestojn kaj malfacilajn veterkondiĉojn. "Ĉi tiuj ŝtormoj estas danĝeraj," li murmuras kaj singarde direktas la maŝinon tra la nuboj.

Li transflugas altajn montojn kaj vastajn dezertojn. "La pejzaĝo estas mirinda," pensas Leonardo kaj faras notojn. "Mi devas ĉion registri." Leonardo notas siajn observojn kaj spertojn en sia taglibro.

En la fremda lando, li estas varme akceptita. "Bonvenon, Majstro Leonardo!" krias la reĝo kaj brakumas lin. La reĝo montras al li siajn proprajn inventojn kaj trezorojn. "Rigardu, kion ni havas ĉi tie," diras la reĝo fiere.

Leonardo kundividas sian scion kun la sciencistoj de la regno. "Ĉi tiuj mekanismoj estas fascinaj," diras sciencisto. "Mi proponis kelkajn plibonigojn," klarigas Leonardo kaj montras siajn skizojn. Kune ili disvolvas novajn teknologiojn. "Ni povus pluevoluigi ĉi tiun ideon," diras Leonardo.

Leonardo lernas multe pri la kulturo kaj historio de la lando. "Viaj tradicioj estas tiel riĉaj kaj diversaj," li diras admire. "Estas tiom multe por malkovri." Li helpas la reĝon kun granda konstruprojekto. "Via kompetenteco estas neprezebla," diras la reĝo dankeme.

Post monatoj de kunlaboro, Leonardo adiaŭas. "Estis honoro esti ĉi tie," li diras. "Mi neniam forgesos ĉion ĉi." La reĝo brakumas lin kaj diras: "Niaj pordoj ĉiam estas malfermitaj por vi."

Li flugas reen al Florenco, plena de novaj ideoj kaj spertoj. "Ĉi tiu vojaĝo estis nekredebla," pensas Leonardo feliĉe. "Mi lernis kaj vidis tiom multe." Kiam li surteriĝas en Florenco, liaj asistantoj atendas lin ekscitite. "Bonvenon reen, Majstro!" ili krias. "Rakontu al ni ĉion!" Leonardo ridetas kaj komencas rakonti siajn historiojn.

- Akceptita - Accepted
- Admire - Admiringly
- Adiaŭas - Farewell
- Brakumas - Embrace
- Defioj - Challenges
- Disvolvas - Develop
- Fascinaj - Fascinating
- Kundividas - Share
- Malfacilajn - Difficult
- Mesaĝisto - Messenger
- Observas - Observes
- Registri - Record
- Riĉaj - Rich
- Transflugas - Flies over
- Trejnas - Trains

La Reveno Hejmen

Leonardo revenas al Florenco. La suno ĵus leviĝas, kiam lia flugmaŝino glitas super la tegmentoj de la urbo. "Jen li estas! Leonardo revenis!" krias la civitanoj de Florenco.

La civitanoj de Florenco akceptas lin kun granda ĝojo. "Bonvenon reen, Leonardo!" ili krias kaj svingas al li. Infanoj kuras post lia maŝino dum li prepariĝas por surteriĝi. "Estas bone esti hejme denove," diras Leonardo ridetante.

Li rakontas pri siaj aventuroj kaj malkovroj. "Mi vidis kaj lernis tiom multe," li diras ekscitite. "La teknologioj en la fremda lando estas mirindaj!" La homoj aŭskultas lin atente.

Leonardo komencas realigi siajn novajn ideojn. "Ni devas uzi ĉi tiujn inventojn ĉi tie en Florenco," li klarigas al siaj asistantoj. La asistantoj laboregas pri la novaj projektoj. "Tio estas tiel ekscita," diras Giulio. "Ni povas lerni multe el la vojaĝo de Leonardo."

Florenco fariĝas centro de scienco kaj teknologio. "Nia urbo nun estas fama pro siaj novigoj," diras la urbestro fiere. "Leonardo helpis al ni akiri ĉi tiun reputacion."

Leonardo malfermas lernejon por junaj inventistoj. "Mi volas transdoni mian scion," li diras. Li kundividas siajn sciojn kaj spertojn kun la lernantoj. "Estu ĉiam scivolemaj kaj malfermaj al novaj aferoj," li kuraĝigas ilin.

Multaj junaj talentoj venas al Florenco por lerni de li. "Mi lernis tiom multe de Leonardo," diras juna inventisto ekscitite. "Li estas mirinda instruisto."

Leonardo estas festata kiel granda instruisto kaj inventisto. "Li ŝanĝis nian vivon," diras civitano. "Liaj inventoj estas revoluciaj."

Li daŭrigas siajn esplorojn kaj inventojn ĝis alta aĝo. "Mi neniam ĉesos esplori," li diras. "Ĉiam estas io nova por malkovri."

Liaj verkoj kaj ideoj influas generaciojn da sciencistoj. "La influo de Leonardo estos sentata longe," diras historiisto. "Li ŝanĝis la mondon."

Leonardo verkas librojn pri siaj inventoj kaj aventuroj. "Ĉi tiuj libroj helpos estontajn generaciojn," li diras. "Ili estas heredaĵo de mia vivoverko."

Li restas ĝis la fino de sia vivo scivolema kaj kreiva spirito. "Mi ĉiam serĉos novajn sciojn," diras Leonardo. "Tio estas mia vivocelo."

Leonardo da Vinci restos en la memoro kiel unu el la plej grandaj geniuloj en la historio. "Lia nomo estos por ĉiam ligita al novigo kaj kreivo," diras la urbestro de Florenco. "Ni estas fieraj, ke li estis parto de nia urbo."

- Akiri - Acquire
- Aventuroj - Adventures
- Ekscita - Exciting
- Eksplori - Explore
- Glitas - Glide
- Heredaĵo - Heritage
- Influas - Influence
- Instrui - Teach
- Klarigas - Explain
- Kreiva - Creative
- Lernejo - School
- Memoro - Memory
- Novigo - Innovation
- Reputacio - Reputation
- Transdoni - Pass on

Leonardo da Vinci: Genio de la Renesanco

Leonardo da Vinci naskiĝis la 15-an de aprilo 1452 en Vinci, Italio. Li estis vera universalgenio de la Renesanco. Leonardo estis ne nur talenta pentristo, sed ankaŭ inventisto, sciencisto, arkitekto kaj inĝeniero. En ĉi tiu artikolo, ni rigardos kelkajn el liaj plej gravaj inventoj kaj atingoj.

Pentraĵoj kaj Arto

Leonardo da Vinci estas mondfama pro siaj pentraĵoj. Du el liaj plej konataj verkoj estas "La Lasta Vespermanĝo" kaj "Mona Lisa". "La Lasta Vespermanĝo" montras la momenton, kiam Jesuo diras al siaj disĉiploj, ke unu el ili perfidos lin. La "Mona Lisa" estas fama pro sia mistera rideto. Ambaŭ verkoj montras la eksterordinarajn kapablojn de Leonardo kiel artisto.

Inventoj kaj Teknologio

Leonardo ankaŭ estis brila inventisto. Li desegnis multajn maŝinojn kaj aparatojn, kiuj estis tre antaŭ sia tempo. Jen kelkaj el liaj rimarkindaj inventoj:

1. **La Helikoptero**: Leonardo desegnis maŝinon, kiu povus aspekti kiel moderna helikoptero. Ĝi havis ŝraŭbon, kiu turniĝis por krei levadon. Kvankam ĝi neniam estis konstruita, ĝi montras la progresintan pensadon de Leonardo.

2. **La Aviadilo**: Leonardo estis fascinita de la ideo de flugado. Li studis la flugilojn de birdoj kaj desegnis flugmaŝinon kun moveblaj flugiloj. Ĉi tiu desegno estis la antaŭulo de modernaj aviadiloj.

3. **La Tanko**: Leonardo desegnis kirasan veturilon, kiu povus moviĝi per mankrankoj. Ĝi devis protekti soldatojn kontraŭ malamikoj kaj samtempe ataki ilin.

4. **La Biciklo**: En la skizoj de Leonardo troviĝas ankaŭ desegnoj por biciklo. Ĝi havis du radojn, pedalojn kaj ĉenon, simile al modernaj bicikloj.

Sciencaj Studoj

Leonardo ankaŭ estis pasia sciencisto. Li studis la homan korpon kaj desegnis detalajn anatomiajn skizojn. Ĉi tiuj studoj helpis kuracistojn pli bone kompreni la homan korpon. La intereso de Leonardo pri anatomio montriĝas en liaj precizaj kaj realismaj desegnoj.

Arkitekturo kaj Konstruaĵoj

Leonardo ankaŭ laboris kiel arkitekto kaj inĝeniero. Li desegnis pontojn, kanalojn kaj fortikaĵojn. Unu fama ekzemplo estas la "Leonardo-Ponto". Ĉi tiu ponto devis esti konstruita sen najloj aŭ ŝnuroj kaj estis tre stabila. Kvankam ĝi neniam estis konstruita dum lia vivo, modernaj inĝenieroj sukcese realigis liajn desegnojn.

Konkludo

Leonardo da Vinci estis eksterordinara homo kun multaj talentoj. Liaj verkoj kaj inventoj ŝanĝis la mondon kaj inspiras nin ankoraŭ hodiaŭ. Li estis vera vizia pensulo kaj restas simbolo de kreemo kaj novigado. Leonardo mortis la 2-an de majo 1519, sed lia heredaĵo daŭras.

- Aparatoj - Devices
- Arkitekto - Architect
- Eksterordinaraj - Extraordinary
- Fascinita - Fascinated
- Fortikaĵoj - Fortifications
- Kirasan - Armored
- Konstruaĵoj - Buildings
- Kuracistoj - Doctors
- Levado - Lift
- Mankrankoj - Handcranks
- Pasia - Passionate
- Perfidos - Betray
- Precizaj - Precise
- Realigis - Realized
- Vizionulo - Visionary

Ukos' Lasta Ĉaso

La Vivo de Ukos

Ukos vivas en eta prahistoria vilaĝo. Estas frue matene, kaj la suno ĵus komencas lumigi la ĉielon. Ukos sidas antaŭ sia kabano kaj akrigas sian hakilon.

„Paĉjo, ĉu vi rakontos al ni hodiaŭ denove fabelon?“ demandas lia filo Karuk kaj tiras la felmantelon de Ukos.

Ukos ridetas kaj metas la hakilon flanken. „Kompreneble, Karuk. Kion vi ŝatus aŭdi?“

Lia filino Lira ankaŭ alvenas. „Rakonton pri la grandaj ĉasistoj!“

„Bone,“ diras Ukos. „Iam estis granda ĉasisto, kiu vivis en vilaĝo kiel nia. Li povis kapti la plej grandajn cervojn kaj venki la plej sovaĝajn bestojn...“

Dum Ukos rakontas, lia edzino Nari revenas el la arbaro kun korbo plena je beroj. „Vi devus pli bone matenmanĝi, antaŭ ol aŭdi fabelojn,“ ŝi diras kaj metas la korbon.

Ukos stariĝas kaj iras al ŝi. „Ĉu vi trovis sufiĉe da beroj?“

„Jes, sufiĉe por ĉiuj,“ respondas Nari ridetante.

Post la matenmanĝo, Ukos kaj la aliaj viroj de la vilaĝo preparas sin por la ĉaso. Lia amiko Tarok alproksimiĝas kaj frapas lian ŝultron. „Ĉu vi estas preta, Ukos?“

„Ĉiam preta,“ respondas Ukos. „Hodiaŭ ni kaptos grandan cervon, mi sentas ĝin.“

La viroj forlasas la vilaĝon kaj ekiras en la arbaron. Dumvoje ili parolas pri la plej bonaj ĉasstrategioj.

„Tarok, ĉu vi memoras la lokon, kie ni lastfoje vidis spurojn?“ demandas Ukos.

„Jes, tie ĉiam estas multaj bestoj,“ respondas Tarok. „Ni devus komenci tie.“

Alveninte en la arbaro, la viroj silente moviĝas tra la densaĵo. Subite Ukos haltas kaj levas la manon. „Tie antaŭe, ĉu vi vidas la spurojn?"

La aliaj viroj kapjesas kaj sekvas lin singarde. Ili trovas malgrandan grupon de aproj kaj preparas siajn lancojn.

Ukos celas kaj ĵetas sian lancon. La apro falas teren, kaj la viroj silente ĝojas. „Bona laboro, Ukos!" diras Tarok kaj frapas lian dorson.

„Tio estos festeno," diras Ukos kaj komencas dispecigi la beston.

Vespere la viroj revenas al la vilaĝo kun sia kaptitaĵo. La virinoj kaj infanoj kuras renkonte al ili kaj salutas ilin ĝoje. „Ni bone manĝos hodiaŭ," diras Nari kaj prenas la korbon kun viando.

Ukos sidas kun siaj infanoj ĉe la fajro kaj rakontas al ili pri la ĉaso. „Estis bona tago," li diras. „Ni sukcesis, kaj ni havas sufiĉe da manĝo por ĉiuj."

„Paĉjo, ĉu vi estas la plej bona ĉasisto en la vilaĝo?" demandas Karuk fiere.

Ukos ridas. „Eble. Sed sen miaj amikoj, tio ĉio ne estus ebla."

Malfrue en la nokto, kiam la vilaĝo dormas, Ukos aŭdas pri nova ĉaso en la montoj. Maljuna viro el la najbara vilaĝo rakontas pri grandaj cervoj kaj danĝeraj ursoj.

„Ukos, ni devas fari ĉi tiun ĉason," diras Tarok la sekvan matenon. „Ĝi povus esti la plej granda defio de nia vivo."

Ukos kapjesas. „Mi estas partoprenonto. Sed ni devas bone prepariĝi. La montoj estas danĝeraj."

Kun ĉi tiu decido komenciĝas nova ĉapitro en la vivo de Ukos kaj liaj amikoj. Granda ĉaso en la montoj atendas ilin, plena de aventuroj kaj danĝeroj.

- Akrigas - Sharpen
- Aventuroj - Adventures

- Cel - Aim
- Defio - Challenge
- Dispecigi - Cut up
- Dorson - Back
- Fabelo - Tale
- Felmantelo - Fur coat
- Kapjesas - Nod
- Lanco - Spear
- Preta - Ready
- Rakonti - Tell
- Spurojn - Tracks
- Strategioj - Strategies
- Sufiĉe - Enough

La Granda Ĉaso

La viroj de la vilaĝo prepariĝas por la ĉaso. Ukos kaj Tarok estas tre ekscititaj. „Tarok, ĉu vi akrigis vian hakilon?" demandas Ukos, kontrolante siajn proprajn armilojn.

„Jes, kompreneble. Kaj vi? Ĉu vi havas viajn sagojn kun vi?" respondas Tarok kaj montras sian bone plenan sagujon.

„Ĉio estas preta. Ĉi tiu ĉaso estos grandioza," diras Ukos ridetante.

La viroj kunprenas siajn plej bonajn armilojn. Ili scias, ke la montoj estas danĝeraj kaj plenaj de sovaĝaj bestoj. La vilaĝanoj esperas je granda predo por provizi la vilaĝon dum la vintro.

Ukos adiaŭas sian familion. „Zorgu pri vi mem," diras li al sia edzino Nari kaj brakumas ŝin firme.

„Ni atendos vin, Ukos," respondas Nari kaj ridetas al li.

Liaj infanoj, Karuk kaj Lira, alvenas kun eta amuleto. „Paĉjo, prenu ĉi tion. Ĝi alportos al vi bonŝancon," diras Karuk kaj donas al li la bonŝarmilon.

„Dankon, miaj karuloj. Mi portos ĝin ĉiam kun mi," promesas Ukos kaj pendigas la amuleton ĉirkaŭ sia kolo.

Frue matene, la grupo ekiras. La vojo al la montoj estas longa kaj ŝtona. „Ni devas rapidi antaŭ ol la vetero malboniĝos," diras Tarok rigardante la ĉielon.

„Jes, ni ne perdu tempon," respondas Ukos kaj gvidas la grupon.

Ili devas iri tra densaj arbaroj. La arboj estas altaj kaj la grundo estas kovrita per folioj. „Ĉi tie devas esti multaj bestoj," diras unu el la ĉasistoj rigardante ĉirkaŭe.

Dumvoje ili renkontas aliajn ĉasistojn. „Ĉu ankaŭ vi estas sur la ĉaso?" demandas Ukos amike.

„Jes, ni aŭdis, ke en la montoj estas grandaj cervoj," respondas unu el la fremdaj ĉasistoj.

„Bonŝancon al vi. Eble ni renkontiĝos denove," diras Tarok kaj la grupoj disiĝas.

Vespere ili atingas la piedon de la montoj. La viroj estas elĉerpitaj, sed ankaŭ plenaj de anticipaĵo. „Ĉi tie ni starigos nian tendaron," diras Ukos montrante ebenan lokon.

Ili starigas sian tendaron kaj faras fajron. La flamoj dancas en la mallumo kaj donas varmon. „Ni diskutu la planon por la ĉaso," diras Tarok kaj sidiĝas kun la aliaj.

„Ni devas frue leviĝi kaj serĉi la spurojn de la bestoj," komencas Ukos. „La montoj estas krutaj, sed ni devas grimpi alte por trovi la plej bonajn lokojn."

„Ni dividiĝu en grupojn," proponas alia ĉasisto. „Tiel ni povas kovri pli da teritorio."

„Bona ideo," konsentas Ukos. „Restu kune kaj zorgu unu pri la alia. La montoj estas danĝeraj."

La viroj kapjesas kaj planas plue. Ili estas deciditaj kapti la plej bonajn bestojn kaj sekure reveni al la vilaĝo. La nokto rapide pasas, kaj baldaŭ ĉiuj endormiĝas, pretaj por la granda ĉaso la sekvan tagon.

- Adiaŭas - Farewell

- Amuleto - Amulet
- Anticipaĵo - Anticipation
- Armilojn - Weapons
- Ĉasistoj - Hunters
- Dividiĝu - Divide
- Densas - Dense
- Fremdaj - Foreign
- Grimpi - Climb
- Krutaj - Steep
- Piedon - Foot (of a mountain)
- Plenaj - Full
- Sagoj - Arrows
- Sovaĝaj - Wild
- Ŝtona – Rocky

La Supreniro en la Montojn

La sekvan matenon ili frue ekiras. La viroj estas plenaj de energio kaj ekscito. „Hodiaŭ ni sukcesos," diras Ukos kaj metas sian arkon sur la ŝultron.

La supreniro estas kruta kaj peniga. „Atentu, kie vi paŝas," avertas Tarok. „La vojo estas glitiga."

Ukos kaj Tarok iras antaŭe. Ili devas esti singardaj por ne gliti. La neĝo malfaciligas la vojon. „Ĉi tiu neĝo kaŭzos al ni problemojn," murmuras Ukos.

Dumvoje ili vidas spurojn de sovaĝaj bestoj. „Ĉu vi vidas la hufo-spurojn?" demandas unu el la viroj.

„Jes, tio devas esti cervoj," respondas Tarok. „Ni sekvu ilin."

La viroj sekvas la spurojn. Ili esperas trovi grandan gregon. „Se ni trovos gregon, ni havos sufiĉe da viando por la tuta vintro," diras Ukos optimisme.

La vento en la montoj estas malvarma kaj akra. Ukos tiriĝas sian felmantelon pli proksime al si. „Ĉi tiu vento traboras min," diras li.

„Rigardu, tie estas kaverno," diras Tarok montrante al malhela enirejo en la distanco.

La grupo decidas esplori la kavernon. „Eble ni trovos rifuĝon kaj povos iomete ripozi," proponas alia ĉasisto.

En la kaverno ili trovas malnovajn ostojn kaj spurojn. „Ĉi tie probable vivis ursoj aŭ lupoj," supozas Ukos, dum li ekzamenas la ostojn.

„Eble la bestoj serĉas ĉi tie rifuĝon vintre," diras Tarok. „Ni devas esti singardaj."

La viroj iomete ripozas kaj poste daŭrigas sian vojon. „Ni ne perdu tempon," diras Ukos. „La plej bonaj ĉastempoj estas frue matene kaj malfrue posttagmeze."

Ili grimpas pluen, ĉiam pli alte en la montojn. La neĝo fariĝas pli profunda, kaj la vojo pli kruta. „Ni baldaŭ devas trovi tendaron," diras Tarok. „Ĝi fariĝas malhela kaj danĝera."

„Ankoraŭ iomete," respondas Ukos. „Mi sentas, ke ni estas proksimaj."

La viroj ne rezignas. Ili batalas tra la neĝo kaj vento, deciditaj trovi la grandan gregon. La montoj estas senkompataj, sed Ukos kaj liaj amikoj estas kuraĝaj kaj fortaj.

- Averto - Warning
- Ekzamenas - Examine
- Enirejo - Entrance
- Ekscito - Excitement
- Felmantelon - Fur coat
- Glitiga - Slippery
- Grego - Herd
- Hufo-spurojn - Hoofprints
- Kaŭzas - Cause
- Kuraĝaj - Courageous
- Malfaciligas - Hinders
- Peniga - Strenuous

- Rifuĝon - Refuge
- Singardaj - Cautious
- Supreniro - Ascent

La Unua Sukceso

Subite ili vidas grupon de cervoj. „Rigardu, tie,“ flustras Tarok kaj montras al lumhava klaraĵo.

La viroj silente rampas al la cervoj. Ukos tenas sian arkon preta kaj moviĝas singarde tra la arbetaĵo. „Neniu sono, ni ne devas timigi ilin,“ admonas li la aliajn.

Ukos streĉas sian arkon. Li koncentriĝas al la plej granda cervo en la grupo. „Jen nia ŝanco,“ murmuras li.

Li celas al la plej granda cervo. Liaj manoj estas kvietaj, kaj li profunde enspiras. Poste li liberigas la sagon.

La sago trafas la beston, kaj ĝi falas teren. „Triafo!“ krietas unu el la viroj entuziasme.

La aliaj cervoj fuĝas en paniko. „Rapide, kaptu la cervon antaŭ ol ĝi forkuras,“ krietas Tarok.

La viroj ĝojas pri la sukceso. „Tio estis mirinda pafo, Ukos,“ laŭdas Tarok. „Ni havas sufiĉe da viando por la venontaj tagoj.“

Ili portas la cervon reen al la tendaro. Estas peza laboro, sed ĉiuj helpas. „Ni havos festmanĝon,“ diras unu el la ĉasistoj kontente.

Tie ili dispecigas la beston kaj dividas la viandon. Ukos sentas sin fiera pri siaj ĉasokapabloj. „Tio ĝojigos mian familion,“ pensas li.

Vespere ili festas sian sukceson ĉe la tendarfajro. La flamoj dancas en la mallumo kaj donas varmon. „Bona tago,“ diras Ukos kaj mordas pecon da viando.

Ili manĝas la freŝe ĉasitan viandon. „Ĝi gustas multe pli bone, kiam oni mem kaptas ĝin,“ diras Tarok kaj ridas.

Tarok rakontas rakontojn pri pasintaj ĉasadoj. „Ĉu vi memoras la vintron, kiam ni kaptis la grandan urson?" demandas li, kaj la viroj kapjesas.

Ukos pensas pri sia familio en la vilaĝo. „Mi apenaŭ povas atendi por rakonti al ili pri nia sukceso," diras li mallaŭte.

Li esperas baldaŭ reveni al ili. „Post ĉi tiu ĉaso, ni havos sufiĉe da provizoj por elteni la vintron," pensas li kaj ridetas. La viroj estas kontentaj kaj feliĉaj, dum la steloj brilas super la montoj.

- Admonas - Admonish
- Arbetaĵo - Underbrush
- Cel - Aim
- Dispecigas - Cut up
- Enspiras - Inhale
- Forkuras - Run away
- Frapas - Hit
- Kaptas - Capture
- Klaraĵo - Clearing
- Koncentriĝas - Concentrate
- Laŭdas - Praise
- Lumhava - Luminous
- Paniko - Panic
- Rampas - Crawl
- Tendarfajro - Campfire

La Malbona Vetero

La sekvan matenon aperas malbona vetero. Malhelaj nuboj kovras la ĉielon kaj la vento fariĝas ĉiam pli forta. „Ni devas rapide trovi rifuĝon," kriĉas Tarok kaj rigardas maltrankvile al la ĉielo.

La viroj serĉas ŝirmejon en kaverno. „Ĉi tiun kavernon ni vidis hieraŭ," memoras Ukos kaj gvidas la grupon tien.

Komencas neĝi forte. La neĝflokoj fariĝas ĉiam pli densaj kaj la vento ululas ĉirkaŭ la rokoj. „Ĉasado nun estas neebla," diras unu el la viroj seniluziigite.

Ukos zorgas pri la reveno al la vilaĝo. „Se la malbona vetero ne baldaŭ finiĝos, ni havos problemojn reveni," diras li penseme.

La viroj diskutas pri siaj sekvaj paŝoj. „Ni devas atendi," opinias Tarok. „En ĉi tia vetero estas tro danĝere pluiri."

Ili decidas atendi pli bonan veteron. En la kaverno estas malvarme kaj mallume. Ukos kaj Tarok gardostaras kaj aŭskultas la ululadon de la vento ekstere. „Espereble, tio baldaŭ finiĝos," murmuras Ukos.

La tempo pasas malrapide kaj ili frostas. „Restu varmaj," konsilas Tarok kaj tiras sian mantelon pli proksime al si. „Ni ne rajtas malsaniĝi."

Ukos pensas pri siaj infanoj kaj sia edzino. „Kiel fartas Nari kaj la infanoj?" li demandas mallaŭte. „Ili certe zorgas pri mi."

„Certe," respondas Tarok. „Sed ili scias, ke vi estas forta kaj bone kapablas zorgi pri vi mem."

Ukos kapjesas. „Jes, sed mi volas kiel eble plej baldaŭ reveni al ili." La viroj silentas kaj aŭskultas la ŝtormon. La nokto ŝajnas senfina kaj malvarma.

La viroj sidiĝas proksime unu al la alia por sin varmigi. „Rakontu historion por forpeli la tempon," proponas unu el la ĉasistoj.

„Bona ideo," diras Ukos. „Mi rakontos al vi pri la unua ĉaso, en kiu mi partoprenis." La viroj aŭskultas atente dum Ukos parolas. La rakontoj kaj la konversacio helpas forgesi iomete la malvarmon kaj la zorgojn.

La horoj pasas malrapide, sed finfine ili rimarkas, ke la vento malfortiĝas. „Eble ni baldaŭ havos bonŝancon," diras Tarok esperplene.

Ukos rigardas eksteren kaj vidas, ke la neĝado malpliiĝis. „Ni atendu ankoraŭ iomete kaj poste ni vidos," diras li decide.

La viroj kapjesas kaj sin komfortigas kiel eble plej bone. Ili scias, ke ili devas esti fortaj por elteni ĉi tiun malbonan veteron kaj sekure reveni al la vilaĝo.

* Aperas - Appear
* Diskutas - Discuss
* Ekstere - Outside
* Elteni - Endure
* Finfine - Finally
* Frostas - Freeze
* Gardostaras - Keep watch
* Kapjesas - Nod
* Malfortiĝas - Weaken
* Memoras - Remember
* Murmuras - Murmur
* Neebla - Impossible
* Penseme - Thoughtfully
* Rifuĝon - Shelter
* Ululas - Howl

La Minaco

La vetero pliboniĝas post kelkaj tagoj. La malhelaj nuboj foriras kaj la suno ree brilas. „Fine ni povas daŭrigi," diras Tarok kun sento de trankvilo.

La viroj forlasas la kavernon kaj rekomencas sian ĉason. Tamen, la predo estas malabunda. „Ŝajnas, ke la bestoj forlasis ĉi tiun regionon," diras unu el la ĉasistoj frustrite.

„Ni devas plu serĉi," diras Ukos decide. „Ie devas esti sovaĝaj bestoj."

Unu tagon ili rimarkas, ke ili estas sekvataj. „Ĉu vi aŭdis tion?" flustras Tarok al Ukos. „Iu estas post ni."

Subite aperas fremdaj ĉasistoj. Ili aspektas minace kaj estas armitaj. „Kion vi faras ĉi tie?" kriĉas unu el la fremduloj agreseme.

Okazas ekscitita disputo. „Ĉi tiu estas nia ĉasareo,“ diras Ukos kaj staras protekte antaŭ siaj viroj.

La fremduloj postulas la teritorion por si. „Foriru, aŭ estos problemoj,“ minacas unu el ili.

Ukos kaj liaj viroj rifuzas rezigni. „Ni havas same multe da rajto ĉasi ĉi tie kiel vi,“ respondas Tarok bataleme.

La etoso fariĝas ĉiam pli streĉa. „Tio ne finiĝos bone,“ murmuras unu el la viroj nervoze.

Subite flugas la unuaj sagoj. Ukos sentas akran doloron en sia brako kaj falas teren. „Mi estas trafita!“ li kriĉas.

Tarok rapide tiras lin en ŝirmejon. „Restu trankvila, Ukos. Ni sukcesos,“ diras li kaj rigardas maltrankvile la vundon.

La viroj brave sin defendas. „Ne rezignu!“ kriĉas unu el ili kaj ĵetas lancon direkte al la atakantoj.

Ukos sentas la malvarmon de la sago en sia brako. „Ni ne povas resti ĉi tie,“ diras li spiregante. „Ni devas retiriĝi.“

Ili decidas retiriĝi. „Rapide, sekvu min!“ kriĉas Tarok kaj helpas Ukos stariĝi.

La viroj forkuras en la arbaron. La fremduloj persekutas ilin dum iom da tempo, sed fine rezignas. „Ni sukcesis,“ diras Tarok kun trankvilo.

Ukos estas elĉerpita kaj lia vundo doloras. „Ni devas trovi sekuran lokon,“ diras li malforte. „Mi bezonas ripozon.“

La viroj trovas protektitan lokon en la arbaro kaj zorge metas Ukoson malsupren. „Ni zorgos pri vi,“ promesas Tarok kaj komencas kuraci la vundon.

Ukos rigardas danke sian amikon. „Dankon, Tarok. Sen vi mi estus perdita.“

La viroj scias, ke ili devas esti singardaj. La minaco ankoraŭ ne estas for, kaj ili devas trovi manieron sekure reveni al la vilaĝo.

- Agreseme - Aggressively
- Akran - Sharp
- Disputo - Dispute
- Etoso - Atmosphere
- Forkuras - Flee
- Frustrite - Frustrated
- Kuraci - Treat
- Minacas - Threaten
- Minace - Menacingly
- Persekutas - Pursue
- Pliboniĝas - Improve
- Rekomencas - Resume
- Rezigni - Give up
- Sentas - Feel
- Spiregante - Gasping

La Retiriĝo

Ukos kaj la viroj forkuras en la montojn. La fremduloj senkompate persekutas ilin. „Pli rapide, ni ne povas perdi tempon!" kriĉas Tarok kaj rigardas maltrankvile trans sia ŝultro.

La vundo de Ukos malhelpas lin. Ĉiu paŝo doloras, kaj li malfacile spiras. „Mi ne scias, kiom longe mi ankoraŭ eltenos," diras Ukos spiregante.

„Mi helpos vin," respondas Tarok kaj subtenas Ukoson. „Kune ni sukcesos."

Ili kaŝas sin en malgranda kaverno. „Ĉi tie ni estas sekuraj," flustras Tarok kaj tiras Ukoson en la mallumon.

La fremduloj serĉas ilin. Ili aŭdas la krakadon de branĉoj kaj mallaŭtajn voĉojn ekstere. Ukos kaj Tarok retenas la spiron kaj esperas ne esti malkovritaj.

La persekutantoj fine foriras. „Mi pensas, ke ili estas for," flustras Tarok kaj atente aŭskultas. „Ni devus ankoraŭ iomete atendi."

La viroj kuraĝas refoje eliri. „Ni devas esti singardaj,“ avertas unu el la ĉasistoj. „Eble ili revenos.“

Ili scias, ke ili devas rapide reveni al la vilaĝo. „Ni ne povas resti ĉi tie,“ diras Ukos kaj frotas sian dolorantan brakon. „Ni devas iri hejmen.“

Ukos sentas sin pli malforta pro sia vundo. „Mi bezonas paŭzon,“ murmuras li kaj laciĝinte sinkas al la tero.

La grupo moviĝas singarde antaŭen. Ĉiu paŝo estas farita zorge por ne fari bruon. La vojo estas longa kaj malfacila. „Nur ankoraŭ eta peco,“ kuraĝigas Tarok sian amikon.

Ukos pensas pri sia familio kaj trovas forton. „Mi devas sukcesi,“ diras li al si mem. „Nari kaj la infanoj atendas min.“

Ili esperas, ke ili forlasis la fremdulojn. „Se ni atingos la sekvan kavernon, ni povos ripozi tie,“ diras Tarok kaj montras al roko en la malproksimo.

La viroj atingas la kavernon kaj laciĝinte sidiĝas. „Ni ankoraŭ ne estas sekuraj, sed ni faris longan vojon,“ diras unu el la ĉasistoj. „Ripozu, morgaŭ ni daŭrigos.“

Ukos rigardas la ĉielon kaj vidas la stelojn. „Ni devas elteni,“ murmuras li. „Por niaj familioj, por nia vilaĝo.“

Kun ĉi tiu penso, la viroj ekdormas, esperante, ke la sekva tago alportos al ili pli bonajn ŝancojn.

- Branĉoj - Branches
- Eltenos - Endure
- Foriras - Leave
- Frotas - Rub
- Kaŝas - Hide
- Krakado - Cracking
- Laciĝinte - Weary
- Malkovritaj - Discovered
- Mallumon - Darkness
- Malproksimo - Distance

- Persekutantoj - Pursuers
- Reten - Hold back
- Senkompate - Ruthlessly
- Singarde - Cautiously
- Subtenas - Support

La Lasta Batalo

Subite la fremduloj reaperas. „Ili revenis!" kriĉas unu el la viroj panike.

Okazas lasta, furioza batalo. „Pretigu vin!" kriĉas Tarok kaj elingigas sian glavon.

Ukos estas severe vundita. Sago traboras lian flankon, kaj li falas teren. „Tarok, mi estas trafita," spiregas li.

Tarok malespere batalas ĉe lia flanko. „Eltenu, Ukos! Ni sukcesos," kriĉas li kaj repuŝas atakanton.

La viroj de la vilaĝo ne rezignas. „Por Ukos!" kriĉas unu el ili kaj ĵetas sin sur la malamikojn.

Ukos sentas, kiel la forto forlasas lin. Lia vidado malklariĝas, kaj li apenaŭ povas spiri. „Nari... Karuk... Lira...," li flustras malforte.

Li pensas pri sia familio kaj sia vilaĝo. „Mi volis nur reveni al vi," li murmuras.

La mondo ĉirkaŭ li mallumiĝas. Tarok kriĉas por helpo. „Helpu! Ukos estas grave vundita!" li kriĉas malespere.

La fremduloj fine retiriĝas. „Ni venkis," diras unu el la viroj kun trankviliĝo. „Sed je kia prezo?"

La viroj de la vilaĝo rapidas al Ukos. „Eltenu, Ukos," diras Tarok kun larmoj en la okuloj. „Ni estas ĉe vi."

Tamen estas tro malfrue. Ukos mortas en la brakoj de sia amiko. „Adiaŭ, mia amiko," flustras Tarok.

Tarok funebras pro sia perdita amiko. „Li estis la plej bona ĉasisto kaj la plej kuraĝa viro, kiun mi iam konis," diras li mallaŭte.

La korpo de Ukos restas en la montoj. La viroj de la vilaĝo kolektiĝas ĉirkaŭ li kaj silentas. La perdo estas granda, kaj la funebro profunda.

„Ni neniam forgesos lin," diras unu el la ĉasistoj. „Lia spirito ĉiam estos kun ni."

Kun pezaj koroj, la viroj ekiras reen al la vilaĝo, sciante, ke ili perdis grandan amikon kaj militiston.

- Adiaŭ - Farewell
- Elingigas - Unsheathe
- Forlasas - Leave
- Funebras - Mourn
- Grave - Seriously
- Malespere - Desperately
- Malklariĝas - Blurs
- Mallumiĝas - Darkens
- Panike - Panicked
- Pretigu - Prepare
- Reaperas - Reappear
- Repuŝas - Repel
- Severe - Severely
- Spiregas - Gasp
- Traboras - Pierces

La Sekreto de la Ahaggar-Montoj

Ekveturo al Aventuro

Grupo de germanaj aventuristoj ekiras al la foraj Ahaggar-Montoj en la Saharo. La grupo konsistas el kvin membroj: Karl, Anna, Markus, Sabine, kaj Jens.

"Ĉu vi ĉion pakis?" demandas Karl, la gvidanto de la grupo. "Ni devas certigi, ke ni havas sufiĉe da akvo kaj nutraĵoj."

"Jes, mi kontrolis la provizojn," respondas Sabine. "Ni havas sufiĉe por almenaŭ du semajnoj."

Markus rigardas la mapon kaj la GPS-aparaton. "La vojo ŝajnas esti klara. Ni devus atingi la Ahaggar-Montojn en tri tagoj, se ĉio iros laŭplane."

Anna fotas la malgrandan urbon, de kie ili ekas. "La dezerto estas tiel impona," diras ŝi. "Mi apenaŭ povas atendi vidi la montojn."

La unua tago estas klara kaj suna. La etoso en la grupo estas optimisma kaj ekscitita. Ili veturas en fortika teren-aŭto.

"Ĉi tiu aŭto esperinde trairigos nin tra la sablo," diras Jens kaj frapetas la kapoton.

"Jes, ĝi faros," respondas Karl. "Mi mem kontrolis ĝin. Ĝi estas en plej bona stato."

Dumvoje Anna fotas la pejzaĝon kaj la bestojn, kiujn ili vidas. "Rigardu, tie estas dezerta vulpo!" ŝi vokas entuziasme.

"Impona," diras Sabine. "Mi neniam antaŭe vidis tian proksime."

Markus navigas helpe de mapo kaj GPS-aparato. "Ni estas sur la ĝusta vojo," diras li. "Ankoraŭ ĉirkaŭ 100 kilometroj ĝis la unua ripozloko."

Vespere ili starigas sian unuan tendaron. "Tio estis bona unua tago," diras Karl. "Ni faru fajron kaj manĝu ion."

Ili faras fajron kaj rakontas rakontojn. "Rakontu, kial vi ĉiuj volis fari ĉi tiun ekspedicion?" demandas Jens ĉirkaŭe.

"Por mi, estas la aventur-emo," respondas Anna. "Kaj komprenekle la fotografio. La dezerto estas tiel fotogena."

"Mi ĉiam volis vidi la Saharon," diras Sabine. "Ĝi estas revo, kiu fariĝas realaĵo."

"Kaj vi, Markus?" demandas Karl.

"Mi interesiĝas pri antikvaj kulturoj," diras Markus. "Mi esperas, ke ni trovos spurojn de pasintaj civilizacioj."

"Tio sonas ekscite," diras Jens. "Mi simple ĝojas esti ĉi tie kaj sperti ion novan."

La nokto estas trankvila kaj plena de steloj. "Rigardu la ĉielon," diras Karl. "Mi neniam antaŭe vidis tiom da steloj."

"Tio estas nekredebla," murmuras Anna. "Tiel klara kaj hela."

"Ni devus nun dormi," diras Sabine. "Morgaŭ ni havas longan tagon antaŭ ni."

"Jes, bona ideo," konsentas Karl. "Bonan nokton al ĉiuj."

La grupo kuŝiĝas en siajn dormosakojn kaj ankoraŭ iom rigardas la stelan ĉielon. La aventur-emo kaj la antaŭĝojo pri la venontaj spertoj fine endormigas ilin, dum la malvarmeta dezerta nokto ilin ĉirkaŭas.

- Aventur-emo - Adventurous spirit
- Ĉirkaŭas - Surrounds
- Entuziasme - Enthusiastically
- Esperinde - Hopefully
- Fotogena - Photogenic
- Impona - Impressive
- Kontrolis - Checked
- Kuŝiĝas - Lie down
- Malvarmeta - Cool
- Navigas - Navigate

- Nutraĵoj - Provisions
- Optimisma - Optimistic
- Pasintaj - Past
- Pejzaĝon - Landscape
- Provi - Attempt

La unua malvenko

La sekvan matenon ili daŭrigas sian vojaĝon. La suno jus leviĝas, kaj la dezerto malrapide vekiĝas al vivo. "La ĉielo estas hodiaŭ precipe bela," diras Anna kaj elprenas sian fotilon.

"Jes, tio estos bona tago," konsentas Karl kaj ekstartigas la teren-aŭton.

Subite, la teren-aŭto ĉesas funkcii. "Kio okazas?" demandas Sabine maltrankvile.

Karl kaj Markus kontrolas la motoron. "Ŝajnas esti serioza problemo," diras Karl dum li rigardas sub la motorhupon.

"Kio ĝuste estas la problemo?" demandas Markus kaj ekzamenas la partojn.

"Mi ne estas certa, sed povus esti la radiatoro," respondas Karl. "Ni devas ripari la veturilon, alie ni ne povos foriri de ĉi tie."

La grupo decidas ripari la veturilon. "Ni bezonas la anstataŭajn partojn," diras Jens kaj komencas traserĉi la pakaĵojn.

Anna kaj Sabine utiligas la ŝancon por esplori la ĉirkaŭaĵon. "Mi volas fari kelkajn fotojn," diras Anna. "Eble mi trovos ion interesan."

"Mi venos kun vi," diras Sabine. "La dezerto estas tiel fascinanta."

Post horoj da laboro, la motoro denove funkcias. "Ni sukcesis," ekkrias Jens malpeziĝe, kiam la motoro ekfunkcias.

"Tre bone farite," diras Karl kaj frapetas Markuson sur la ŝultron. "Nun ni povas daŭrigi."

La grupo daŭrigas sian vojaĝon, sed ili estas post la horaro. "Ni devas rapidigi," diras Markus kaj rigardas la mapon. "Ni jam malfruas du horojn."

Vespere ili atingas malgrandan oazon. "Tio estas perfekta," diras Sabine malpeziĝe. "Ĉi tie ni povas tranokti."

La oazo ofertas freŝan akvon kaj ombron. "Ni starigu la tendaron," diras Karl. "Ni bezonas paŭzon."

Ili estas dankemaj pro la mallonga ripozo. "La akvo ĉi tie estas tiel klara," diras Anna kaj plenigas sian botelon.

"Jes, kaj ĝi estas bele malvarmeta," aldonas Jens, dum li lavas siajn manojn en la akvo.

La grupo planas la vojon por la sekva tago. "Ni devas frue leviĝi," diras Karl. "Ni havas ankoraŭ longan vojon antaŭ ni."

"Interkonsentite," diras Markus. "Do, ni manĝu nun kaj ripozu."

Ĉirkaŭ la tendarfajro ili sidas kune kaj parolas pri la tago. "Tio estis malfacila tago," diras Jens. "Sed ni sukcesis."

"Jes, ni estas bona teamo," diras Sabine. "Mi certas, ke ni atingos la Ahaggar-Montojn."

"Bonan nokton, ĉiuj," diras Karl. "Morgaŭ atendas nin nova aventuro."

La grupo kuŝiĝas dormi, kontentaj pri tio, kion ili atingis, kaj ekscititaj pri tio, kio estas antaŭ ili.

- Anstataŭaj - Spare
- Atingas - Reach
- Ĉirkaŭaĵon - Surroundings
- Ekfunkcias - Start (a machine)
- Ekscititaj - Excited
- Ekstartigas - Start up
- Esplori - Explore
- Fascinanta - Fascinating
- Interkonsentite - Agreed

- Kontentas - Content
- Malfruas - Delay
- Malpeziĝe - With relief
- Motorhupo - Hood (of a car)
- Ripari - Repair
- Traserĉi - Search through

La sabloŝtormo

Je la tria tago mallumaj nuboj aperas ĉe la horizonto. "Kio estas tio?" demandas Anna kaj montras al la nubaro.

Karl tuj ekvidas la danĝeron. "Tio estas sabloŝtormo. Ni devas rapide trovi sekuran lokon," diras li serioze.

"Kion ni faru?" demandas Jens nervoze.

"Sekvu min," vokas Karl. "Tie estas rokoj, kiuj povas oferti al ni ŝirmon."

La grupo serĉas ŝirmon malantaŭ kelkaj rokoj. "Rapidu, la ŝtormo rapide proksimiĝas," avertas Markus.

La ŝtormo furioze ekas. Sablo kaj vento batas ĉirkaŭ ili. "Tenu viajn vizaĝtukojn firme," vokas Karl, dum li premas sin kontraŭ la rokoj.

Ili kurbiĝas kune kaj ŝirmas siajn vizaĝojn. "Tio estas pli malbona ol mi pensis," murmuras Sabine, apenaŭ povante spiri.

"Kiom longe daŭros tio?" demandas Anna, ŝia voĉo apenaŭ aŭdebla super la kriadanta vento.

"Tio povas daŭri horojn," respondas Karl. "Ni devas simple atendi."

La ŝtormo daŭras plurajn horojn. La sablo enpenetras ĉie kaj kovras ilin de kapo ĝis piedoj. "Mi ne povas kredi, kiom forta estas ĉi tiu ŝtormo," diras Jens kaj frotas la sablon el siaj okuloj.

Kiam la ŝtormo finfine mildiĝas, ili estas elĉerpitaj kaj kovritaj per sablo. "Ĉu ĉiuj estas en ordo?" demandas Karl, dum li leviĝas kaj forbalaias la sablon de si.

"Jes, sed mi estas tute polvokovrita," respondas Anna kaj provas purigi sian fotilon.

"Ni devas rekonstrui nian tendaron," diras Markus kaj komencas kolekti la disĵetitajn ekipaĵojn.

La grupo laboras kune por purigi la ekipaĵon. "Iom estas difektita," rimarkas Sabine kaj montras al ŝirita akvobotelo.

Ili malkovras, ke kelkaj provizoj estas difektitaj. "Tio estas malbone," diras Jens maltrankvile. "Kion ni faru nun?"

"Ni devas esti ŝparemaj," avertas Karl. "Disdonu la akvon kaj manĝaĵon bone. Ni havas ankoraŭ longan vojon antaŭ ni."

"Ni sukcesos," diras Markus memfide. "Se ni kunlaboros, ni sukcesos."

Malgraŭ la malvenko ili daŭrigas sian vojaĝon. "Ni daŭrigu," diras Karl. "La Ahaggar-Montoj atendas nin."

La grupo daŭrigas sian vojon, decideme kaj kuraĝe, kvankam ili scias, ke la defioj ankoraŭ ne finiĝis. "Ĉi tiu dezerto estas senkompata," murmuras Anna, sed ŝi ankaŭ sentas la allogon de la aventuro.

"Ĉiu paŝo alportas nin pli proksimen," diras Sabine kaj ridetas. "Ni sukcesos."

La suno malrapide subiras, dum ili daŭrigas, kaj la dezerto koloriĝas per varmaj oranĝaj tonoj. Malgraŭ la elĉerpiĝo kaj la sablo en iliaj vestoj kaj haroj, ili sentas sin vivaj kaj pretaj por la venontaj defioj.

- Avertas - Warns
- Balaias - Sweep off
- Difektita - Damaged
- Disdonu - Distribute
- Elĉerpitaj - Exhausted
- Enpenetras - Penetrates
- Furioze - Furiously
- Horizonto - Horizon

- Mallumaj - Dark
- Mildiĝas - Calms down
- Polvokovrita - Dust-covered
- Premas - Press
- Purigi - Clean
- Serioze - Seriously
- Ŝparemaj - Frugal

Renkonto kun la Beduinoj

La sekvan tagon ili renkontas grupon de beduinoj. "Rigardu, tie antaŭe," diras Anna kaj montras al karavano, kiu proksimiĝas al ili.

"Ŝajnas, ke ili estas amikaj," diras Karl kaj levas la manon por saluti.

La beduinoj estas amikaj kaj ofertas helpon. "Salam Alaikum," salutas unu el la beduinoj kaj ridetas.

"Alaikum Salam," respondas Karl. "Ĉu ni povas peti helpon de vi?"

"Kompreneble," diras la beduino. "Kion vi bezonas?"

"Ĉu vi havas iom da akvo por interŝanĝi?" demandas Jens. "Nia provizo malpliiĝis pro sabloŝtormo."

La beduinoj donas al ili akvon kaj nutraĵon. "Vi povas preni ĉi tion," diras la gvidanto de la beduinoj kaj transdonas al ili akvostonon kaj kelkajn daktilojn.

"Multan dankon," diras Sabine dankeme. "Tio tre helpos nin."

Ili pasigas la vesperon kune ĉe tendarfajro. La beduinoj preparas teon kaj rakontas rakontojn. "La Ahaggar-Montoj estas plenaj de sekretoj," komencas rakonti la gvidanto.

"Estas antikvaj legendoj pri perditaj urboj," diras unu el la beduinoj kaj rigardas en la flamojn. "Antaŭ longa tempo ĉi tie ekzistis granda civilizo."

La aventuristoj estas fascinataj kaj scivolemaj. "Rakontu pli," petas Markus. "Kion vi scias pri tiu urbo?"

"Onidire, la urbo estis fondita de la Kartaganoj, kiam ili fuĝis de la Romianoj," respondas la beduino. "Estas multaj rakontoj, sed neniu iam trovis la urbon."

"Tio sonas ekscite," diras Anna. "Eble ni trovos ĝin."

La sekvan matenon ili adiaŭas la beduinojn. "Bonan vojaĝon," deziras la beduinoj al ili. "Kaj zorgu pri vi en la montoj."

La grupo sentas sin kuraĝigita kaj daŭrigas sian vojaĝon. "Ĉi tiuj rakontoj vere vekis mian scivolemon," diras Jens. "Ni devas trovi tiun urbon."

"Se ĝi vere ekzistas, ni trovos ĝin," diras Karl decideme. "Ni sekvu la konsilojn de la beduinoj."

La pejzaĝo fariĝas ĉiam pli kruda kaj roka. "La Ahaggar-Montoj ne plu estas malproksime," diras Markus kaj kontrolas la mapon.

Ili devas ofte halti por trovi la vojon. "Ĉi tien," diras Karl kaj montras al mallarĝa gorĝo. "Tio devus esti la ĝusta vojo."

La Ahaggar-Montoj proksimiĝas kaj aspektas minace. "Ĉi tiuj montoj estas vere imponaj," diras Sabine kaj rigardas respektoplene al la krutaj klifoj.

"Ni devas esti singardaj," avertas Karl. "La regiono estas malfacila kaj ekzistas multaj danĝeroj."

"Sed ni estas pretaj," diras Anna kaj ridetas. "La aventuro daŭras."

Kun nova energio kaj plena de espero, ili daŭrigas sian vojon, la perdita urbo en siaj pensoj kaj la volo malkovri la nekonatan.

- Adiaŭas - Farewell
- Antikvaj - Ancient
- Aventuristoj - Adventurers
- Beduinoj - Bedouins
- Fascinataj - Fascinated
- Gvidanto - Leader
- Interŝanĝi - Exchange

- Kartaganoj - Carthaginians
- Kruda - Rugged
- Legendoj - Legends
- Minace - Menacing
- Nutraĵon - Food
- Provizo - Supply
- Respektoplene - Respectfully
- Tendarfajro - Campfire

En la Ahaggar-Montoj

La grupo atingas la Ahaggar-Montojn. La ĉirkaŭaĵo estas imponanta kaj sovaĝa. "Tio estas mirinda," diras Anna kaj faras fotojn de la majestaj rokoj kaj profundaj gorĝoj.

"Jes, tio vere estas vidaĵo," konsentas Jens. "Sed ni devas esti singardaj."

Baldaŭ fariĝas klare, ke la navigado estas malfacila. La GPS-aparatoj ne funkcias ĝuste. "Kio okazas kun la GPS?" demandas Sabine.

"Ni perdis la signalon," diras Markus maltrankvile kaj kontrolas la aparaton. "Eble la montoj ĝenas la signalon."

"Ni devas orientiĝi laŭ la mapo," diras Karl kaj malfaldi la mapon. "Tio ne estos facile."

La rokoj kaj gorĝoj estas konfuzaj. "Ĉio ĉi tie aspektas same," diras Anna. "Kiel ni trovos la ĝustan vojon?"

"Ni devas esti singardaj," avertas Karl. "Unu malĝusta paŝo kaj ni povus fali."

La grupo progresas malrapide. Ili grimpas super rokoj kaj trapasas mallarĝajn gorĝojn. "Tio estas pli malfacila ol mi pensis," agnoskas Jens. "Sed ni sukcesos."

Subite Jens malkovras ion strangan. "Rigardu, tiuj malnovaj muroj," li vokas kaj montras al kelkaj ŝtonoj, kiuj elstaras el la grundo.

"Kio estas tio?" demandas Sabine kaj alproksimiĝas al la muroj. "Tio aspektas kiel restaĵoj de konstruaĵo."

Ili trovas la restaĵojn de antikva civilizo. "Tio devas esti la perdita urbo," diras Sabine mire kaj rigardas ĉirkaŭen.

"Rigardu, tie estas ankoraŭ pli da muroj," vokas Markus kaj montras al pliaj ruinoj.

"Ni trovis ĝin," diras Karl kun rideto. "Tio estas nekredebla."

"Ni devus esplori la urbon," proponas Anna. "Eble ni trovos indikojn pri ĝia historio."

"Jes, sed ni devas esti singardaj," rememorigas Karl. "Ĉi tiuj konstruaĵoj estas malnovaj kaj povus kolapsi."

La grupo decidas esplori la urbon. Ili iras zorgeme tra la ruinoj kaj malkovras malnovajn ŝtonajn tabulojn kaj surskribojn. "Tio devas esti tre malnova," diras Markus kaj studas la surskribojn. "Eble el la epoko de la Kartaganoj."

"Mi demandas min, kiel ĉi tiu urbo alvenis ĉi tien," murmuras Jens. "Kaj kial ĝi estis forlasita."

"Eble ni trovos respondojn, se ni plu serĉos," diras Anna kaj fotas la ruinojn.

"Ni procedu zorgeme," diras Karl. "Ni ne scias, kiaj danĝeroj povus kaŝiĝi ĉi tie."

Kun scivolemaj okuloj kaj zorgemaj paŝoj, ili daŭrigas esplori la misteran urbon, ekscititaj pri la malkovroj, kiuj ankoraŭ atendas ilin.

- Agnoskas - Admit
- Alproksimiĝas - Approach
- Antikva - Ancient
- Ekscititaj - Excited
- Elstaras - Stand out
- Epoko - Era
- Esplori - Explore

- Falas - Fall
- Forlasita - Abandoned
- Gorĝoj - Gorges
- Indikoj - Clues
- Kolapsi - Collapse
- Majestaj - Majestic
- Malkovroj - Discoveries
- Restaj - Remains

La Fino de la Vojaĝo

La grupo eniras la malnovan, ruiniĝintan urbon. Ĉie estas ruinoj kaj misteraj surskriboj. "Tio estas nekredebla," diras Anna kaj fotas la scenon.

"Tio aspektas kiel fenica skribo," diras Markus kaj montras al surskribo sur muro. "Mi povas rekoni kelkajn vortojn."

"Homoj vivis ĉi tie antaŭ longa tempo," murmuras Karl, dum li rigardas la malnovajn konstruaĵojn kaj templojn. "La arkitekturo estas imponanta."

Sed la urbo aspektas timiga kaj forlasita. "Estas tiel silente ĉi tie," diras Sabine. "Preskaŭ tro silente."

Subite ili aŭdas bruon. "Kio estis tio?" demandas Anna nervoze kaj turnas sin ĉirkaŭen.

"Mi ne scias," respondas Jens. "Sed ĝi ne sonas bone."

Ili rimarkas, ke ili estas observataj. "Tie, ĉu vi vidas tion?" flustras Markus kaj montras al movo en la ombroj.

Subite aperas nekonataj figuroj. "Kiu vi estas?" vokas Karl kaj provas resti trankvila.

La fremduloj ne estas amikaj. "Tio estas nia tero," diras unu el la fremduloj per malmola voĉo. "Vi ne havas rajton esti ĉi tie."

"Ni volis nur esplori la urbon," klarigas Karl. "Ni estas esploristoj."

"Tio ne estas loko por esploristoj," diras la fremdulo kaj alproksimiĝas minace. "Foriru, dum vi ankoraŭ povas."

"Ni devas foriri," flustras Jens panike al la aliaj. "Tio fariĝos danĝera."

Sed la fuĝvojoj estas blokitaj. "Ni estas ĉirkaŭitaj," diras Markus malespere. "Ne estas eliro."

La grupo estas kaptita en la malnova urbo. "Kion ni faru?" demandas Anna kaj rigardas timeme ĉirkaŭen.

"Ni devas resti trankvilaj kaj provi paroli kun ili," diras Karl, sed lia voĉo tremas.

"Vi ne eskapos," diras la gvidanto de la fremduloj. "Ĉi tiu urbo apartenas al ni."

"Bonvolu, ni ne volas problemojn," diras Sabine. "Lasu nin iri."

"Vi ignoris niajn avertojn," diras la gvidanto malvarme. "Nun ne plu estas eskapo."

La grupo rigardas unu la alian, en iliaj okuloj la kompreno, ke ne ekzistas eliro. "Ni devas alfronti nian sorton," diras Karl mallaŭte.

"Kio ajn okazos, ni restos kune," diras Anna kaj kaptas la manon de Sabine.

"Jes, ni komencis ĉi tiun vojaĝon kune, kaj ni finos ĝin kune," diras Jens decideme.

Kun peza koro kaj malhelaj antaŭsentoj, ili rigardas en la okulojn de la fremduloj, pretaj alfronti la neeviteblan.

- Alfronti - Face
- Alproksimiĝas - Approach
- Avertojn - Warnings
- Bruon - Noise
- Ĉirkaŭitaj - Surrounded
- Decideme - Resolutely
- Esploristoj - Explorers

- Forlasita - Abandoned
- Ignoris - Ignored
- Imponanta - Impressive
- Malespere - Desperately
- Minace - Menacingly
- Nekredeble - Incredibly
- Skribo - Writing
- Sorton – Fate

More Esperanto readers

www.briansmith.de/esperanto.php

The
Sherlock Holmes
Guide
to Deceit, Fallacies and Propaganda

Protect Yourself from Unscrupulous Advertisers, Media and Politicians

Brian Smith

ASIN : B0CHWDX2TK

"Dive into the foggy streets of Victorian London with 'The Sherlock Holmes Guide to Deceit, Fallacies, and Propaganda' and arm yourself with the world's greatest detective's insights against modern misinformation. Through a series of incisive letters and illustrative cases like 'The Cry of the Lost Heir' and 'The Case of the Haunted Heiress', Sherlock Holmes unravels the deceptive tactics of today's unscrupulous advertisers, media, and politicians. This book transcends mere entertainment, offering a crucial toolkit for navigating the treacherous digital age filled with deepfakes, viral falsehoods, and polarizing content. Engage with Holmes's masterclass on critical thinking and stand tall against the waves of deceit with timeless wisdom as your guide in 'A Mind Unravelled: Sherlock Holmes on Propaganda and Fallacies'."

Slavers and Cruisers

Claude Sefton is delighted when he is notified by the admiralty that he has been accepted as a volunteer on HMS Wasp. At last he can add those magical letters after his name: R.N.

Then the Wasp heads out to sea. Her mission: to sail into West African waters to suppress the slave trade. Vessels from Spain, Brazil and the USA are carrying hapless Africans off to the new world, where – if they survive the voyage – they are to toil away for their masters. When the Wasp arrives off the African coast the first sail is spotted. Sefton and his shipmates prepare for what they see as their first adventure. But slave dealers are not the only peril awaiting them. At sea and on land they must soon go to the limits of their endurance and beyond.